L'Intranquille

Collection Proche
26, rue Jacob, 75006 Paris
Tél. : 01 42 17 47 80

Gérard
Garouste
avec Judith Perrignon

L'Intranquille

PROCHE

À Élisabeth

Ne demande jamais
ton chemin à celui qui le connaît.
Tu risquerais de ne pas t'égarer.

Rabbi Nahman de Bratslav

I

Quand Isabelle, la dame qui s'occupait de lui, m'a appelé en pleurs, je suis parti vers Bourg-la-Reine et la maison de meulière, 15, avenue de Bellevue. Il était dans son lit, la tête posée sur les mains, il semblait dormir tranquillement, en accord avec lui-même. Mais il était mort et j'étais soulagé.

Je ne me suis pas assis à côté de lui, j'ai parcouru les pièces silencieuses, frôlé les rideaux, les bibelots, les livres, les meubles, et tandis que j'avançais parmi tout ce qu'une vie empile, un nœud se faisait au fond de ma gorge. La tristesse n'y était pour rien, il fallait juste que l'émotion se pose quelque part, ce fut sur les objets. Ils n'étaient pas beaux, mais j'avais grandi là, et ne s'attacher à rien laisse une trop grande amertume.

D'ordinaire, les maisons où la mort vient de passer laissent voir une lente décomposition, une vaisselle ébréchée où l'on ne mangera plus, des horloges jamais à la même heure, qui se sont arrêtées, une par une, il y a longtemps, sans qu'on y fasse attention. À Bourg-la-Reine, terrain de l'enfance bientôt à vendre, les choses s'étaient passées brutalement. Je n'étais pas venu depuis trois ans. La dernière fois, ou l'avant-dernière, nous nous étions battus. Je suis donc arrivé sans larmes. J'ai constaté la mort de mon père.

J'ai trouvé la tapisserie, au-dessus du buffet, moins grande que dans mon souvenir, moins romantique aussi. Enfant, je regardais la jeune femme à la cruche et le postier venu se désaltérer entre deux courses comme deux alliés. Ils étaient là pendant nos repas de famille à trois, il me suffisait de lever les yeux vers eux pour fuir un peu, ils savaient ma frayeur, ils avaient tout vu de ce soir où mon père menaça de tuer ma mère si elle continuait à tenir la carafe par le goulot et non par l'anse.

J'avais six ans. Il monta dans sa chambre, prit son revolver et le posa sur la table. Nous avions terminé le dîner en silence, sous le regard de la jeune femme tenant sa cruche à l'épaule.

Un demi-siècle plus tard, elle était toujours là, le postier aussi, et ils riaient encore. S'ils n'avaient plus l'air aussi amoureux que dans le temps, c'est que je n'avais plus besoin de leur inventer des histoires. La dépouille de mon père reposait dans l'autre pièce.

Les vrais orphelins étaient les meubles, vestiges des magasins *Garouste Père et fils, Ameublement-décoration-installation*. Le fils dans l'affaire, c'était lui, pas moi. Mon grand-père était dans le meuble, je ne veux rien avoir à faire avec ça.

J'ai cherché parmi les livres celui qu'il était si fier de posséder, la première édition d'*Hernani* de Victor Hugo, elle contenait les lettres de chaque comédien qui avait joué la pièce au soir de la première. Mais je ne l'ai pas trouvé. Il s'était débarrassé des plus belles choses pour que je ne les aie pas, préparant méticuleusement l'après, la vie sans lui. Il m'avait même demandé d'écrire une lettre où je renonçais à tout et le laissais à mes enfants. Ce que je fis, même si c'était légalement sans valeur.

J'ai finalement pris deux candélabres baroques, un pot à tabac en faïence décoré d'une scène naïve et quelques beaux livres, des Éditions de Minuit d'époque. En rentrant, j'ai parlé à mes deux fils. Il les aimait beaucoup et je l'avais laissé être leur grand-père, parce qu'il était vieux, plus tout à fait l'homme que ma mère et moi avions subi. J'ai tenu à leur dire que la guerre avait engendré des héros, des gens qui se débrouillaient et s'en foutaient, des tueurs, des grands et des petits salopards. *Votre grand-père faisait partie des petits salopards.*

C'était mon épitaphe. C'était il y a un an.

Sa mort ne change pas grand-chose. Elle ne résorbe rien. Je vis depuis toujours dans la faille qui existe entre lui et moi. C'est là que j'ai compris mon rapport aux autres et au monde.

Lorsque je pense à lui, je lui vois la tête encadrée de deux favoris, il a l'âge des pères, cette quarantaine où l'on fixe ses parents avant de s'en éloigner. J'ai une série Photomaton de cette époque.

Photo numéro un : il essaie d'être drôle face à la machine.

Numéro deux : sa bouche se ferme, mais il sourit encore. Numéro trois : il est entre deux. Quatre : il ne sourit plus de tout. Il a l'air pensif. Sur aucune, il ne regarde l'objectif.

C'est à cet homme au regard fuyant que j'écrivais encore en 2002.

Mon cher papa, cette lettre n'est pas écrite pour t'inquiéter, je tenais à te dire que ça m'a fait plaisir de te parler au téléphone, j'ai senti que tu cherchais ma complicité et réciproquement. Je pense que c'est absurde d'imaginer de la haine entre nous. Si je t'ai dit des choses blessantes, si je t'ai manqué de respect eh bien, je t'en demande pardon. J'étais excédé par tes propos. Sache que je ne partage pas tes idées, ni sur les Juifs (belle-mère incluse) ni sur Pétain. Le reste est beaucoup moins important. J'aurais bien aimé en parler avec toi, mais ni l'un ni l'autre ne pouvons aborder ces sujets avec sérénité et tolérance.

Aujourd'hui, nous avons d'autres choses à nous dire : par exemple je sais que tu m'aimes et je voudrais te persuader que je t'aime aussi. Je te suis infiniment reconnaissant de m'avoir éduqué le mieux possible, je pense à mes études dans ce collège privilégié, mes amis de cette époque le sont encore aujourd'hui. C'est par la connaissance qu'on accède à la liberté. Ce que tu m'as donné, même ma mère n'a pu le faire. J'insiste pour te dire que, sans toi, je ne serais pas ce que je suis aujourd'hui. Ainsi ton rôle de père est accompli. Cette connaissance, j'essaie moi aussi de la transmettre à tes petits-enfants. Je te demande d'oublier notre discorde afin que nous retournions le plus vite à nos conversations ironiques sur l'air du temps. Je t'embrasse. G

Si je peux relire cette lettre, c'est qu'il l'avait gardée. Elle m'est revenue après sa mort parmi divers papiers. Au dos de l'enveloppe, là où l'expéditeur laisse habituellement son adresse, j'avais écrit *le fiston*.

Toutes les autres, il les avait jetées ou brûlées, elles étaient plus violentes. Je les écrivais généralement au lendemain de nos disputes. Je cherchais à prolonger par écrit un dialogue impossible. Je voulais absolument lui parler, car on peut tout accepter, à condition de parler, et de reconnaître qu'on s'est trompé. Mais il mentait, s'obstinait, glissait à mes fils qu'il avait travaillé dur pendant la guerre tandis que les Juifs étaient au soleil.

Une fois, doucement, je lui avais dit: *Tu étais jeune, tu t'es planté, d'accord! Mais tu avais toute ta vie ensuite pour corriger tes erreurs, pour transmettre autre chose à tes petits-enfants.* Très vite le ton était monté. Il était trop tard pour qu'il reconnaisse quoi que ce soit.

Cette fois-là, ou celle d'après, j'avais explosé:

– Si Hitler avait gagné la guerre, c'est pas trois magasins qu'on aurait eus, c'est les Galeries Lafayette ! Et mes enfants, tes petits-enfants, tu sais que pendant la guerre ils auraient été déportés !

– T'as la tête bouffée par les Juifs ! m'avait-il lancé.

J'avais tourné les talons, j'étais remonté en voiture et tandis que je démarrais, il criait encore par la fenêtre:

– Gérard tu te rends compte qu'en pensant comme tu penses, tu te fâches avec la famille !

Il ne restait quasiment plus personne dans cette famille. Sinon lui, qui prenait trop de place dans ma vie, qui forçait mon ressentiment comme on force une porte.

Un jour, alors que ma mère était installée chez moi, souffrante, il était entré dans une rage folle, rien qu'en me voyant arriver. *C'est encore à cause des Juifs,* a-t-il dit. Il avait voulu se battre. Il avançait vers moi les poings serrés, il avait quatre-vingt-deux ans. J'ai peint cette scène. C'est l'un des rares tableaux que je n'ai pas vendu. Il va me rester sur les bras, mon père.

Comme ses papiers. Ses archives, ses photos, ses notes.

Comme le sous-main posé sur mon bureau dans ma maison de Normandie. Il est en cuir, il y a au centre un très bel écusson avec des armoiries. C'est une copie XIXe d'un modèle XVIIe. Je l'ai toujours vu chez mes parents. Mon père me l'a offert, il y a des années, en précisant qu'il l'avait pris aux Juifs. Je l'ai gardé. Je me suis fixé pour mission de le rendre.

Après sa mort, je suis allé devant le juge, j'ai renoncé de mon plein gré à l'héritage et l'ai laissé à mes fils, mais j'ai tenu à garder ce qui coûte.

Et j'ai fait l'inventaire de ses actes. Il consignait ses journées dans des petits agendas, rectangles de moleskine aujourd'hui alignés par année dans une mallette rigide.

Au 16 juin 40, il écrit : *enfin libre !* Les Allemands sont à Paris depuis deux jours, il est démobilisé.

23 septembre : *reçu par le général Weiss, mais en civil.*

11 novembre : *pauvre victoire, comme tu as été salie.* Son père avait fait Verdun.

7 janvier 1941 : *recherche camion pour 1 000 litres d'alcool.* Il avait alors en gérance la grande parfumerie Delia, 68, rue de la Folie-Méricourt. Il y avait commencé comme livreur à bicyclette. Puis la guerre l'avait promu. Les propriétaires, les Amson, avaient pris la fuite, il supervisait donc l'inventaire et les affaires. Hasard ou ruse de l'histoire, Yves Amson deviendra l'un de mes amis en pension. Lors d'une fête de fin d'année, sans rien savoir, je l'ai présenté à mon père qui m'a dit, *tu sais c'est marrant, ton copain Yves Amson... avant guerre j'étais livreur dans la parfumerie de son père.* J'ai fait lire ses carnets à Yves lorsque je les ai récupérés. Il m'a dit très sérieusement en me les rendant, *ne t'inquiète pas, ton père n'était pas antisémite.*

14 février : *vraiment les Juifs ne sont pas des gens à fréquenter... même les femmes.*

12 mai : *Levitan.*

C'est un nom que j'ai beaucoup entendu enfant. Wolf Levitan possédait dans les années 1930 une grande enseigne de meubles. Il avait inventé un système de vente moderne, le prêt-à-porter de l'ameublement. Il avait été le patron de mon grand-père. Ma grand-mère racontait parfois qu'il avait continué à verser un peu d'argent à la famille quand son mari était au front, et mon père ajoutait alors immanquablement : *Il donnait de l'argent juste parce qu'il se planquait pendant que ton grand-père se battait.* Quand vint la seconde guerre, Wolf Levitan s'est vraiment planqué, il a fui vers le sud de la France. Le grand espace Levitan du 85-87, Faubourg-Saint-Martin est alors devenu l'entrepôt des biens juifs saisis. Il n'y avait pas là que des tableaux, des meubles et des pianos. Des camions de déménagement déversaient des caisses pleines de vies fauchées, des jouets, du linge, des chaussures, des casseroles, des draps. L'activité était telle que Levitan devint un peu plus tard un camp de travail, où les détenus de Drancy venaient emballer, réparer, trier les biens des familles juives déportées. On pouvait voir des nazis chiner là quelques beaux meubles. Mais aussi des Parisiens faire des courses plus modestes. Et mon père remplir ses magasins.

13 mai : *Levitan.*

23 décembre : *huîtres-homards.*

Je lis des chiffres, des additions, des noms. Celui de son bottier, de son tailleur. Il portait du sur mesure, H.A.G (Henri Auguste Garouste) était brodé sur sa chemise. Il était en compte avec beaucoup de gens. Je ne sais quel marché noir il pratiquait. Il y a parfois des choses gommées. Forcément, je les imagine compromettantes.

24 avril 1943 : *Je suis vraiment très touchée, je viens de te dire qu'à partir de cette semaine je ne viendrai plus te voir, cela te fait chanter. Enfin, je puis t'affirmer que je t'aime et que je t'aimerai toute ma vie. Edmée.*

Edmée, c'était ma mère. Elle glisse un petit mot dans l'agenda de mon père. Je pensais que mes parents ne s'aimaient pas. Quand j'étais gamin, je voulais qu'elle s'en aille. Il était violent avec elle. C'est plus tard qu'un médecin mettra un mot sur lui : psychopathe. Qui imagine le monde à sa manière.

Je me rappelle de vacances, nous partions à la montagne, à Sonneck en Autriche, je devais avoir cinq ou six ans, j'étais à l'arrière de la Simca. Le col était très enneigé, la route mauvaise. Mon père était en colère. Il dit à ma mère : *Si tu ne te tais pas, je nous fous dans le précipice.* Le malheur c'est que moi je l'ai cru, d'autant que ma mère suppliait et pleurait, *Henri ne fais pas ça, pas devant l'enfant !* Ce n'est qu'adulte que j'ai pu déchiffrer ce théâtre sadomasochiste, dont j'étais l'unique spectateur.

Mes parents se sont donc aimés.

12 septembre 1944 : *cabinet du préfet de police.*

25 juin 1945 : *jugement Levitan...*

Un ami m'a retrouvé ce jugement du tribunal civil de la Seine, *Société des Établissements Levitan contre Société Garouste*. Les magasins des 97 et 99 Faubourg-Saint-Martin, placés dès 1940 sous l'administration d'un commissaire gérant désigné par les autorités allemandes, puis loués en 1943 à la Société Garouste Père et fils, devaient être rendus à leurs exploitants les Établissements Levitan.

L'annulation par l'occupant du bail initial apparaissait comme un acte de spoliation tombant sous le coup des dispositions de l'article Ier de l'ordonnance du 21 avril 1945.

Mon nom est une jurisprudence. Il faut réparer.

5 décembre : *jugement Jacques*. C'était son frère. Lui aussi a dû rendre des comptes. J'ai de lui une photo où il pose fièrement devant une boutique de chaussures. Et une lettre écrite à mon père, il était alors en prison depuis deux semaines, il attendait de passer devant un juge d'instruction. Je n'ai pas l'année, juste le jour, un 27 mai, tout laisse à penser que c'est l'immédiat après-guerre. *Toutes mes nuits se passent au magasin, c'est idiot mais ça m'obsède. Embrasse bien maman et papa et qu'ils ne se tourmentent pas pour moi, je ne suis pas trop malheureux. Je t'embrasse affectueusement. Ton frangin Jacques*. Ensuite, il est parti en Amérique latine.

C'est drôle, si je rapproche ces deux dates, ces deux moments où il faut assumer publiquement ce que l'on a fait, je remarque que lorsqu'il comparaît, mon père écrit « jugement Levitan », lorsque c'est son frère, « jugement Jacques ». Lui ne veut pas être jugé.

Au fil des ans, ses carnets ne contiennent plus que les comptes d'un commerçant méticuleux. Ils se terminent toujours par les livraisons de fin d'années. Viennent ensuite des pages colorées qu'il ne devait pas regarder, *les cartes géographiques de l'agenda de l'homme moderne*. Mon père n'a jamais voyagé. Si ce n'est au gré d'adresses successives, aux époques floues, qui me restent sur des bristols et des enveloppes jaunies :

Garouste Père et fils, Ameublement-décoration-installation. 74, boulevard Magenta. Paris X. Téléphone : Nord 39/89.

Garnetton (Garouste-Netter et Tony) 4, boulevard de Sébastopol, angle rue Pernelle. Téléphone : Archives 36/31.

Garouste Père et fils. 152, boulevard Voltaire. Paris XI.

Père et fils... quelle mélopée.

J'ai scruté chaque jour, chaque page des agendas des années noires, j'ai cherché la trace de ce que le père racontait au fils, de ce Meunier dont il me parlait tant, un type de son escadrille. Il leur annonça l'appel du 18 Juin, alors qu'ils étaient repliés à Limoges, il les exhorta à prendre des avions pour rejoindre la résistance qui s'organisait en Angleterre. D'après mon père, seuls deux hommes se portèrent volontaires. Quelques jours plus tard, de nuit, Meunier s'envola, l'autre appareil se planta en bout de piste.

– Et toi papa qu'est-ce que tu as fait ?
– Moi, rien.

Il recroisa Meunier après guerre. Il le regarda sortir décorations et médailles de sa poche et les balancer sur la table. Meunier avait rejoint l'escadrille Normandie-Niemen, ce groupe de volontaires, pilotes de chasse et mécaniciens français, envoyés en aide aux forces soviétiques sur le front de l'Est par de Gaulle. Il avait fait une grande carrière. Mille fois j'ai entendu cette histoire. Et si je l'ai cherchée dans les agendas de mon père, c'est parce que je n'y croyais pas.

Un jour, je lui ai dit : *T'es pas parti avec Meunier parce que tu as eu la trouille ?*

Alors il m'a encore raconté Meunier, son milieu aisé, son baccalauréat. Tout en parlant, il semblait dire que la connaissance donne du courage, il dressait le portrait de ce qu'il n'était pas. Il s'avouait parfois très complexé, *t'as fait des études, pas moi,* me disait-il. Mon père, au fond, savait ce qu'il valait. Meunier n'était que la marionnette de ses regrets.

Il n'aura connu le frisson qu'un très court instant. *15 mai 1939 : je vole seul 1 h 05 pour la première fois.*

C'était aussi la dernière. Ensuite il fut cloué au sol, comme toute l'escadrille. À la fin de cette unique heure de vol, une photo fut prise de lui : il pose en aviateur promis à de belles batailles et à de longues traversées par-delà les océans. Il bombe le torse sous son blouson. À côté, Mermoz a l'air d'une mauviette. Il diffusa cette photo dans la famille jusqu'au plus lointain cousin. Je le sais, car elle me revient régulièrement au gré des décès et des liquidations, je l'ai au moins en six exemplaires. Sur l'une d'elles, mon père avait écrit : *1940, c'était le bon temps.* Comme à moi plus tard, il disait de la guerre : *ç'a été les plus belles années de ma vie.*

Il n'avait pas pu faire héros. Alors il avait fait salaud. Son éducation de bon catholique l'y préparait. Il appartenait à un monde d'illusions et de certitudes, où les Juifs avaient sale réputation.

Je me rappelle d'un jour, il m'emmenait à l'école, j'étais en huitième, nous sommes passés devant une boulangerie à l'angle de deux rues, il me dit : *Tu ne verras jamais un boulanger juif, parce que c'est un métier difficile, il faut travailler toute la nuit, ils sont trop malins pour faire ça.* Et je me souviens de cette fois, où je lui parlais d'un copain rencontré en pension, il répéta plusieurs fois son nom, et dit... *c'est un nom coupé, ça doit être juif* et il enchaîna avec une petite blague : *Tu mets un juif et un non-juif sur une île déserte, tu reviens cinq ans après, il y en a un qui est le larbin de l'autre. Lequel ?*

Je suis, aujourd'hui encore, surpris de la trace laissée par ses phrases et ses mauvaises plaisanteries. Elles me restent, précises, avec ses mots à lui, parfois même avec le décor, la rue où il les a prononcées. Il faut dire que s'y ajoutaient chaque semaine les sornettes du catéchisme : Salomon prêt à couper l'enfant en deux, le peuple déicide qui met Jésus sur la croix. Je n'avais alors aucun jugement, ni recul, j'étais même un enfant de chœur très appliqué, mais cette histoire de Juif me titillait. Inconsciemment un doute s'installait, je me demandais : *Est-ce qu'il les admire ou est-ce qu'il les déteste ?*

L'antisémitisme de mon père, comme souvent l'antisémitisme, était teinté d'admiration, et son ressentiment un effet de la peur. Alors, tandis qu'il me désignait l'ennemi, je me disais : *C'est dommage que je ne sois pas juif.* Surtout, quand il déclarait, au vu de mes piètres résultats scolaires : *Tu sais mon fils, on est con de père en fils. Si t'es con, c'est pas ta faute.*

Il voulait m'entraîner vers sa honte, ses haines, il me voulait son complice. Il avait inventé un héros, Meunier, juste pour me dire qu'il n'en était pas un. Il m'avait inscrit à douze ans aux jeunes pilotes de France, pour que je fasse mieux que lui, que j'aille plus haut, plus loin, plus longtemps qu'une petite heure de vol, mais la meilleure chose que j'aie jamais faite avec un avion, c'est un dessin à l'âge où les enfants barbouillent encore. Il m'avait aussi fait recoller les oreilles, opération plutôt rare à l'époque, pour que je sois beau.

C'est lui qui s'occupait de moi, plus que ma mère, Edmée Eugénie Sauvagnac épouse Garouste, née le 22 septembre 1917 à Neuilly-sur-Seine, femme soumise, effacée jusque dans l'éducation de son enfant, qui ne confiait à son journal que des regrets vite étouffés : *Samedi 29 mars 1947. Mon fils a eu un an le 10 de ce mois. Il dit très bien son nom qui est assez difficile à prononcer à mon avis. Gérard, c'est son père qui le lui a donné. Ce nom, il n'est pas tout à fait à mon goût, car c'est trop commun, c'est à la mode. Il faut suivre son époque. Si un jour Gérard a une sœur ou un frère cela sera vraiment un accident car Henri ne veut plus en entendre parler. Pourtant j'aurais bien aimé avoir une fille. La vie se chargera de m'imposer sa volonté. Je suis un peu fataliste, il arrive ce qui doit arriver...*

Et c'est lui encore qui consulta des médecins tant je travaillais mal à l'école. Les professeurs disaient que je n'écoutais rien, ils me reprochaient d'être dans la lune. Être dans la lune, c'est une soupape de sécurité quand les choses deviennent insupportables. Elles le devenaient. Mon père m'emmena voir le docteur Gache, un neurologue qui m'a sûrement sauvé la vie. Je l'ai d'abord vu seul. *Tu veux aller en pension ?* m'at-il demandé. J'ai dit oui. Ensuite il a fait entrer mon père. Qui a dit oui, à son tour, à mon éloignement. Il se savait dangereux pour moi. Il avait, je crois, voulu me sauver de lui et se sauver lui-même à travers moi, son fils unique.

Il n'est jamais passé à l'acte. Il n'a jamais battu ma mère et ne m'a laissé le souvenir que d'une seule baffe, il n'a jamais dit des Juifs, *faut tous les tuer*. Mais il a posé une arme un jour sur la table. Et chaque soir avant son retour à la maison, j'avais une boule brûlante dans le ventre.

De cela aussi je n'ai jamais pu lui parler. Dès que je lui tendais un miroir, il le retournait contre moi.

J'ai tenté, il y a une dizaine d'années, alors qu'il me téléphonait d'une voix presque légère. Il évoquait le bon temps où il avait le magasin, où, disait-il, nous étions « heureux ».

– Ah bon tu étais heureux ? Tu aurais dû nous le dire ! Quand tu rentrais, on avait la trouille, souvent ton frère Jacques avait appelé pour prévenir que tu étais de méchante humeur. Tu ne te rappelles pas le flingue sur la table, parce que maman tenait mal la cruche ?

– Tu inventes !

– Si j'invente, va te regarder dans la glace ! Va vérifier que la cicatrice sous ton nez est toujours là !

Un soir, il avait pris une table de verre et l'avait jetée contre le mur. Un éclat l'avait blessé.

– Salaud ! a-t-il dit dans un sanglot avant de raccrocher.

II

Mon père s'est fait incinérer. Le voisinage était là, murmurant quel homme charmant il était. Je savais, moi, pourquoi il préférait finir en poussière. Quelques années plus tôt, il avait renoncé au caveau familial installé dans un grand cimetière au bord de Paris. *Je n'ai pas renouvelé,* m'avait-il dit. Comme souvent il déclarait, *je bazarde tout, je vais vivre à l'hôtel.*

Tout effacer. Même ses restes. Ne rien transmettre. Sinon des meubles.

Je l'imagine ce caveau... Mon père Henri Auguste Garouste, enfant conçu au retour du front, 1919-2008 ; ma mère Edmée Eugénie Sauvagnac, épouse

Garouste, qui passa chez moi ses derniers mois, 1917-2005.

En dessous, mes grands-parents : Henri Gabriel Garouste, 1877-1960, et Ida Fortunée Rosalie Naldini, épouse Garouste, 1876-1968. Elle est contente d'être là, Ida. J'ai trouvé, glissée dans le livret de famille, une feuille simple, toute blanche, sans date, noircie de huit lignes qu'elle a écrites. On dirait un petit mot laissé sur la table en sortant d'une vie discrète : *Ceci est mon testament. Selon ma volonté vu que votre père est décédé dans les conditions que je désirais, mon désir sera d'être auprès de lui, puisqu'il y a une place de libre, ce sera la mienne.*

Ultime souhait d'une épouse dans l'ombre d'un mari, comme les familles et les évangiles du dimanche en fabriquaient tant.

J'y étais à son enterrement. Je l'ai donc vu le caveau. Mais je n'y ai pas prêté assez d'attention. C'était le mois de mai 1968, les fossoyeurs avaient probablement rejoint le mot d'ordre de grève générale car des cercueils s'empilaient au bout des allées, en attendant d'être enterrés, et je ne me lassais pas de les regarder. De ce jour-là, il me reste l'image d'un embouteillage monstre chez les morts, j'ai à peine jeté un œil vers les fondements de ma famille. En dessous pourtant, tout au fond, gisait une femme qui ne ressemblait pas aux autres, pas à son époque : Gabrielle de Mansion, probablement née en 1859 et morte en 1935. Peut-être est-ce à cause d'elle que mon père a laissé détruire le caveau. Il ne voulait pas du dernier repos en sa compagnie.

Je les entends encore parler d'elle, tous, autour de la nappe blanche des repas familiaux. Père, mère, oncles, tantes, et grands-parents évoquaient sa brillante carrière d'écuyère sur la piste des cirques les plus prestigieux au monde, ils faisaient en sorte de garder sur leurs habits d'anonymes commerçants un peu de la poussière de sa gloire. Et puis avec dédain, comme subitement on tourne les talons, ils soupiraient, disaient qu'elle avait fini seule, méchante et amère dans son studio de Noisy-le-Sec, avec un grand tableau en pied de sa mère et un piano sur lequel elle donnait des cours. Ils racontaient même qu'une fois, tombant par hasard sur l'une de ses sœurs vendant des légumes au marché, Gabrielle avait renversé son étal, d'un geste méprisant pour sa condition de marchande. Mais où ? Mais quand ? Mais quelle sœur ? La scène, jamais vérifiée, fut maintes fois racontée. Il fallait piétiner l'écuyère. Chez nous, pas d'admiration sans haine.

Alors forcément elle m'intriguait. Un peu comme ces Juifs dont me parlait mon père. Je l'évoquais souvent. Je la cherchais sur de vieilles photos de communion, je l'appelais la tante Gabrielle, comme tout le monde. Jusqu'au jour où ma grand-mère vendit la mèche. Elle me souffla sans y être autorisée : *Tu sais, tu dis toujours la tante Gabrielle, mais ce n'est pas ta tante, c'est ton arrière-grand-mère.*

Un secret venait de m'être révélé, qui confortait le flou de mes pressentiments et m'ouvrait la porte des adultes. Je suis aussitôt allé voir mon père au magasin, je ne sais si c'était une façon de le défier, mais j'ai senti le besoin de lui rapporter ce qu'on m'avait dit. Il était fou de rage que je sache.

Une fois calmé, il m'a raconté qu'à quinze ans mon grand-père, son père, entendit Gabrielle lui déclarer : *Tu sais, je ne suis pas ta sœur, je suis ta mère.*

Il était là le nœud du ressentiment. Le début de la honte et de la haine.

Sur l'acte de mariage de mon grand-père, à la ligne *fils de*, il est écrit côté père : Édouard Henri Joseph Garouste et côté mère : m.n.o. Je ne sais pas ce que cela veut dire. Sigle oublié, mère effacée. Mère non officielle, peut-être... Derrière l'accolade censée joindre les parents, le mot *mariés* est barré. Les pères inconnus sont légion, mais les mères, c'est si rare... si rare qu'il y en eut des messes basses chez les Garouste. On raconta un viol, l'inceste dans une famille de la haute qui cacha sa honte, Gabrielle et son fils, chez le tapissier Édouard Henri Garouste. On murmura aussi plus simplement, l'inceste entre ledit Garouste et sa fille Gabrielle, née d'on ne savait qui. On déguisa en tout cas la mère en sœur.

J'appris le secret au même âge que mon grand-père et peut-être que mon père. Comme s'il fallait en passer par là pour grandir et devenir un homme de la famille.

Je l'appris d'une femme trop bavarde. Trop vieille pour ne pas parler, elle voulait sans doute partir plus légère. Je revois ma grand-mère me souffler, *ce n'est pas ta tante c'est ton arrière-grand-mère*, comme j'entends ma mère, souffrante et gâteuse, m'informer, trente ans plus tard, qu'après guerre mon père avait perdu un procès face à M. Levitan.

Pour moi les secrets s'entremêlent, il n'y en avait pas qu'un, plusieurs m'attendaient et m'attendent peut-être encore. Gabrielle est le commencement, le premier glissement. J'ai même cru, voulu croire peut-être, habité par son viol, que mon nom n'était pas Garouste, pas celui que mon père affichait sur ses magasins, mais Mansion, comme elle.

Je l'aime parce qu'ils ne l'aimaient pas.

Je l'aime parce qu'elle laisse parmi tous les papiers compromettants qui s'empilent chez moi un livre d'or, la trace d'une artiste.

Il s'ouvre par une gravure : elle porte un chapeau haut de forme, un costume, une cravate, on est à la fin du XIXe siècle, la fierté tient son menton. Suivent des articles qu'elle collait les uns après les autres. La presse raconte ses prouesses sous les chapiteaux : *Notre charmante compatriote Mademoiselle Gabrielle de Mansy, écuyère de haute école, vient de débuter avec un immense succès au grand cirque royal,* écrit *Le Figaro* depuis Copenhague le 29 mai 1894.

Je tourne les pages, je vois des titres étrangers, allemand, italien, russe ou portugais, je ne comprends pas ce qu'ils disent mais je devine qu'il est question d'elle et qu'on l'applaudit, *cavallo inglese montato d'alla amazzone parigina Gabrielle de Mansy.*

Entre la voltige et les clowns, elle entre en piste sur son pur-sang anglais, James, qu'elle ne monte plus en amazone mais en cavalier, comme un homme. Elle porte un costume slave, une culotte bouffante en soie, une blouse russe masculine, des bottes et une toque de fourrure sur ses boucles blondes. On la verra aussi en toréador. Ou bien dans un costume de soirée satin bleu pâle, sur une nouvelle monture, Sircoff, son étalon russe, qu'elle a dressé elle-même.

Le Courrier du Centre s'enflamme le temps d'un billet, elle le découpe, le colle : *N'est-ce pas, mademoiselle, que Buffon s'est fourré la plume dans l'œil jusqu'à ses manchettes, quand il a écrit que le cheval était la plus noble conquête de l'homme. Je crois plutôt et vous partagerez sans doute mon avis que le cheval est la plus noble conquête de la femme, qui a fait bien d'autres conquêtes avant et après, sans compter la conquête facile de l'homme pour laquelle d'ailleurs le démon l'aida de son mieux. Avec votre charme impérieux, vous continuez brillamment cette tradition féminine régnant sur les hommes et sur les chevaux.*

L'empire féminin est en marche.

À la fin, d'une belle écriture, elle traduit la presse étrangère de Copenhague, Lisbonne, Saint-Pétersbourg… Cirque Medrano, cirque Plege, cirque Ciniselli… 1894, 1895, 1896, 1897. Le 3 juillet de cette année-là, *Le Patriote*, journal de la Sarthe, écrit : *Ce soir, l'excellente écuyère paraîtra pour la dernière fois.* En fait, non, elle continue. 1898, *Le Siècle* du 21 septembre écrit : *Un bon point Mademoiselle pour votre élégance select et la crânerie avec laquelle vous portez… le costume masculin.*

Elle se déguise, franchit à sa guise la frontière des hommes et des femmes, et laisse écrire son histoire au gré des articles : de Mansy n'est qu'un pseudonyme, celui d'une fille de bonne famille, parfois même baronne, qui ne se rêvait pas cavalière, mais chanteuse. À douze ans, elle entame des études au conservatoire de Marseille, à dix-huit elle commence à chanter des sopranos légers, et puis écrivent l'*Éclaireur de l'Est* en 1896 et *Le Patriote* en 1897 : *Son frère étant mort entre ses bras elle ressentit une émotion si vive qu'elle perdit passagèrement la voix. Les médecins affirmaient que la voix reviendrait car l'extinction était le résultat d'une secousse nerveuse, mais comme cela tardait et que Mlle de Mansy est d'un caractère résolu, elle suivit les conseils de quelques amis et se mit à faire de la haute école.*

La même phrase revient, au mot près, à un an d'intervalle dans deux journaux différents. Il n'y a que les mensonges qu'on apprend par cœur, celui-là est magnifique : le deuil raconté à la presse était une naissance, le frère mort venait d'être inventé pour maquiller un fils.

Ce livre est d'or et de fil blanc, il conte l'histoire d'une femme qui dressait le pur-sang mais pliait devant les bonnes mœurs. Il déroule des années où mon grand-père avait tout juste quinze ans. Elle venait donc de faire son incroyable aveu, *tu sais je ne suis pas ta sœur, je suis ta mère.* Quels gestes fit-elle en parlant ? Ceux qu'elle avait retenus pendant près de quinze ans en jouant à la grande sœur ou bien était-il trop tard ? Osait-elle la vérité juste avant de voler vers le succès, vers une nouvelle vie qui l'obligeait à laisser son fils quelque part ? Je ne sais pas. Un voile d'opprobre a été jeté sur elle. Restent les chuchotements de la famille, les aveux de ma grand-mère, la colère de mon père, battements de cœur d'un monde ancien distant de quelques pierres tombales.

Je l'ai peint à ma manière le caveau qui n'existe plus. Il s'est changé sur la toile en arène de cirque. Quatre générations sont en piste : moi, je suis le dernier, au centre, catastrophé, les mains à l'envers, presque jointes comme dans une prière : que l'on me dise enfin, ce qui s'est passé.

J'ai face à moi une paire de fesses chevalines en bas résille qui se cabre, car le spectre du viol rôde encore : mon arrière-grand-mère, chanteuse avant d'être écuyère, sœur de son fils avant d'en être la mère.

Je tiens la marionnette d'un minuscule fantôme sous un masque : mon grand-père gazé à Verdun, né de mère inconnue. M.n.o. Il était si petit de taille, qu'il faillit être recalé pour les tranchées. Mon père s'inquiétait que ses gènes ne rejaillissent sur moi.

Je tourne le dos à un sous-main trop grand, trop mal acquis : mon père.

Voilà le tableau. Il est fait de mes pauvres secrets de famille, mais tout le monde en a. Je ne suis pas historien, pas philosophe, je mets en scène des histoires, la peinture les fait ensuite voyager, elle les dépose sur d'autres rétines que la mienne, réveille d'autres mémoires, d'autres morts, d'autres questions. Sa destinée est d'être regardée, de résonner, de s'émanciper, de s'éloigner du sujet dont elle est issue.

Cette fois, pourtant, la peinture est revenue vers moi et m'a mené à Gabrielle.

Une femme m'a appelé après ma dernière exposition. Elle s'appelle Françoise Siefer, elle m'avait entendu à la radio parler des tableaux et des personnages de mon enfance.

Elle m'a dit : *Je suis la fille d'une femme qui était*

la sœur d'Henri. Gabrielle était également mon arrière-grand-mère. Gabrielle n'avait donc pas eu un mais deux enfants. Je suis allé voir Françoise, elle habite dans le XVIIe arrondissement, pas loin de Wagram. En la rejoignant j'ai traversé un quartier qui m'évoquait mes parents, la rue Raffaelli où nous avions habité jusqu'à mes cinq ans, je dormais dans le couloir, faute de place.

Ensemble, nous avons mis bout à bout ce que nous savions ou croyions savoir. Gabrielle était également la mère de Caroline Marie-Louise Garouste, née au mois de février 1876. L'extrait de naissance se répète. Père : Édouard Henri Joseph Garouste ; mère : m.n.o. Est notée cependant la présence de deux témoins : un cardeur de laine et un journalier, peut-être des employés de mon arrière-grand-père.

Deux enfants à dix-huit mois d'intervalle... Deux témoins lors de l'accouchement... Subitement, plus rien ne tenait debout, ni l'inceste ni les bourgeois cachant les fruits de la honte chez le tapissier. Françoise était décidée à faire des recherches auprès de l'état civil, nous sommes restés en contact, elle m'a écrit ce qu'elle avait trouvé et ce que l'on pouvait en déduire. Une tout autre histoire. Beaucoup plus belle, si belle qu'il avait fallu l'enlaidir.

Gabrielle, fille d'une famille très bourgeoise, tombe amoureuse du tapissier qui décore la maison, Édouard Garouste, il a vingt et un ans de plus qu'elle. Elle quitte les siens pour vivre avec lui. Elle est très jeune, elle ne peut se marier sans l'autorisation de ses parents qui la lui refusent. Elle n'est pas une épouse légitime lorsqu'elle accouche, elle ne peut donc être reconnue comme la mère de ses enfants. Elle devient m.n.o. : à peine dix-sept ans à la naissance de sa fille, et dix-huit quand vient son fils. En se faisant passer pour la sœur aînée, elle a pu vivre près d'eux et les aimer. Il y a trace de l'artisan Garouste à Marseille et à Montpellier, ont-ils dû fuir les rumeurs, ou bien le tapissier était-il un compagnon allant de ville en ville ? Nous ne savons pas.

Comme nous ne saurons jamais si la célèbre écuyère en pleine lumière avait alors quitté Édouard Garouste, ou s'il était mort. Françoise se souvient que sa grand-mère Marie-Louise racontait avoir travaillé avec sa sœur, ou plutôt sa mère, dans un cirque. Gabrielle n'avait donc pas abandonné ses enfants. Peut-être le frère et la sœur ont-ils été séparés, ce qui expliquerait que nous n'ayons jamais entendu parler les uns des autres. Mon grand-père s'est toujours tu, son histoire semblait commencer à Verdun, et il a soigné toutes ses blessures dans le silence et l'eau bénite. Ainsi l'énigme a glissé vers le scandale. Il valait mieux chuchoter l'inceste que l'amour. La femme violée plutôt que libre.

Je n'avais jamais peint ma famille, mon histoire, avant cette exposition.

Jusqu'alors je faisais avec mes doutes, avec la rage de ne jamais être dupe, je sondais tout ce que le monde nous inculque et nous impose, tout ce qui nourrit nos yeux et nos consciences. Je creusais la farce tragique des illusions humaines, je fonçais sans le savoir vers là d'où je viens.

La peinture a rétabli la vérité. Il m'aura fallu trente ans pour y arriver.

Il m'aura fallu du chemin, un long apprentissage pour abattre tous les murs, tous les fondements de la maison où j'avais grandi et trouver enfin quelque chose de beau dans les gravats : Gabrielle avait été amoureuse.

Dans l'exposition, mon père figurait pas loin d'elle, en survêtement, prêt à se battre avec moi. Il est mort peu de temps avant le vernissage. Lors de son dernier passage, le médecin avait voulu l'hospitaliser d'urgence. Il préféra rester chez lui.

III

J'ai eu des abris.

Mon premier fut sans doute le cerisier dans le jardin de Bourg-la-Reine. Il était énorme. J'y passais des journées entières, j'avais même accroché un panier au bout d'une ficelle, et les jours sans école ma mère y déposait mon déjeuner. Elle devenait ma complice, c'était rare, tout le pouvoir de cet arbre qui se fichait des humeurs paternelles et ne se soumettait qu'aux saisons.

À la fin de l'été, les branches se couvraient de hannetons mangeurs de feuilles, espèce aujourd'hui disparue, ils étaient gros, gluants comme du miel, et j'avais appris à ne pas les retirer lorsqu'ils s'agrippaient à ma peau car leurs pattes restaient plantées dans la chair. Ils m'effrayaient mais j'étais toujours mieux là qu'à table avec mes parents, ou dans ma chambre trop près de la leur. Au printemps, venaient les cerises. Il y en avait tant que souvent ma mère invitait ses sœurs avec maris et enfants pour la cueillette.

Je me rappelle d'un après-midi ensoleillé, je devais avoir huit ans, ma marraine était sur l'échelle, et moi juste derrière elle, deux barreaux en dessous. Je voyais tout de ses cuisses, de ses porte-jarretelles, de sa petite culotte sous sa combinaison, c'était enivrant, l'aube de mes sens. N'y tenant plus, j'y ai plongé la tête. Quand j'ai rouvert les yeux, j'ai vu mon oncle qui me fusillait du regard, sans rien dire. Je sentais sa réprobation mais je ne comprenais pas pourquoi. Je pensais que cette sensation sous la robe de ma tante n'appartenait qu'à moi, comme l'arbre, comme tout ce que je ressentais et que je ne pouvais jamais partager avec eux.

Mon vrai refuge fut la Bourgogne où j'allais passer les vacances scolaires. Casso et sa femme Éléo vivaient là, à Soussey-sur-Brionne, un tout petit village de 190 habitants, niché entre deux plateaux dits la Montagne et le mont Saint-Jean.

Severino Cassoti il s'appelait, il était maçon, tailleur de pierre, bûcheron et alcoolique. Sa femme Éléonore était la sœur de ma mère, mais une qu'on n'invitait pas à la cueillette, ni un autre jour. La famille avait honte d'elle et racontait qu'elle avait eu une méningite quand elle était petite. Ils s'étaient rencontrés, là, pendant la guerre. Elle descendait vers la zone libre. Lui était arrivé des années plus tôt d'Italie, avec son père, bûcheron. Sa mère était morte là-bas d'une appendicite, faute de soins, au fond des bois. Éléo et Casso étaient deux égarés qui se disaient vous. Ils avaient créé un univers étrange sur une terre qui n'était pas la leur : le paradis de mon enfance.

Ils habitaient une maison de vigneron juste en face du cimetière, le toit était en lave, les chais au rez-de-chaussée, la vie se passait au premier étage dans deux grandes pièces sous de belles poutres de chêne, où chacun vivait de son côté. Je préférais celui de l'oncle Casso. Il avait tout peint au minium, cette couleur argentée des tuyaux de poêle. Tout brillait, depuis la cheminée jusqu'à ses sabots. Et si quelqu'un lui demandait pourquoi peindre une cheminée, il répondait : *Parce que ça sèche vite.*

Il ne fallait pas chercher à le comprendre, il était fragile, inventif et souvent ivre. Il savait à peine lire et usait de peu de mots. Mais il était malin et sabotait le mauvais sort.

Lorsqu'il se réveillait à quatre heures du matin dans sa pièce froide, il lui suffisait de lever les yeux vers le plafond. Il avait installé un système de poulies et de contrepoids, supendu les gamelles, la cafetière, le rasoir, tous couleur minium naturellement, tous prêts à répondre à ses désirs. Ainsi, il faisait les premiers gestes de la journée en restant sous ses couvertures. Une cuvette d'eau avait été préparée la veille au pied du lit pour se raser. Quand il était prêt, il partait faire les pas des sangliers, ce qui veut dire repérer leurs traces et prévenir les chasseurs.

Il avait ses secrets, ses coins à champignons qu'il n'a jamais révélés à personne, pas même à moi, ou une astuce pour faire du béton sous l'eau qu'il cachait à ses chefs de chantier. Il ne jetait rien, gardait tous les papiers argent des paquets de Gauloise pour en tapisser les murs. Il portait des lunettes trouvées par terre et n'a jamais utilisé la monture neuve fournie par la Sécurité sociale. Une fois par an, il faisait un dessin, c'était soit Mickey, soit un lapin chasseur. Il voulait vérifier qu'il gardait la main.

Éléo vivait dans l'autre pièce, un grand bazar qui tranchait avec l'organisation méticuleuse et couleur argent de Casso. Elle avait parfois un peu honte des bizarreries de son voisin de mari, mais elle était étrange elle aussi, elle s'habillait mal, avait l'air un peu souillon. Je dormais à côté d'elle, sur un lit de camp. Chaque matin, elle mettait son lit en portefeuille, elle pliait son matelas en deux donnant l'illusion d'un grand ménage qu'elle ne faisait jamais. Dans les maisons voisines, le sol brillait, les grandes pierres de taille avaient l'air presque glacées à force d'être frottées depuis des siècles par les paysannes. Rien de tout cela, chez Éléo. Au village, on l'appelait « la Parisienne », elle restait une étrangère, malgré ses poules et ses lapins, comme elle était devenue une étrangère chez les siens. Avec moi, elle pouvait être sévère puis se changer en petite fille qui se fâche, se vexe et s'en va bouder dans la grange.

Ils n'avaient pas d'enfants, mais un garçon placé chez eux par l'Assistance publique. On l'appelait le petit Claude. Je me rappelle très bien son arrivée. C'était l'hiver, j'étais là en vacances, je devais avoir cinq ans, et nous trépignions devant la fenêtre Éléo et moi : *le petit Claude va arriver !* Nous le guettions comme un cadeau, comme un petit frère. Une femme est venue avec une poussette recouverte d'une couverture. C'était à cause du froid, mais ainsi caché il avait vraiment l'air d'une surprise. Elle souleva la couverture et il apparut : il avait mon âge, une tache de vin sur la moitié du visage, il semblait très timide, recroquevillé sur lui-même. Il est resté là jusqu'à ses quatorze ans, il parlait peu, jouait peu, je n'ai jamais pu m'en faire un vrai copain. Mais lorsqu'il est parti, que de larmes !

Au village, les enfants de l'Assistance étaient plus nombreux que les enfants de famille. Moi, j'étais entre les deux : placé, mais de la famille. Depuis tout petit, je venais passer l'été et les vacances scolaires. Une année, je suis resté. Officiellement j'avais besoin d'air pur. Mes parents avaient compris que vivre avec eux n'était pas bon pour moi.

C'était en 1953, je m'en souviens à cause du

couronnement de la reine d'Angleterre, nous avions passé la matinée avec Éléo, l'oreille collée au poste de radio alors aussi gros qu'une télévision, et les yeux rêveurs à deviner les fastes du monde. Casso, lui, se fichait complètement de ce genre d'événement, rien ne brillait plus que son univers en minium.

Cette année-là, mes parents m'envoyèrent pour Noël un jeu de construction en bois, dont le couvercle promettait un chalet. Après l'avoir ouvert, je me suis installé devant la cheminée et j'ai fait brûler les baguettes de bois, une par une, sous le regard de mon oncle. Il disait calmement, *moi je serais toi, je ne ferais pas ça, si Éléo te voit, tu vas prendre une sacrée fessée,* mais je continuais sans l'écouter la lente destruction du cadeau. Ça s'est terminé comme prévu par une fessée pantalon baissé sur les jambes d'Éléo, et mon oncle en face qui semblait dire *je t'avais prévenu.* Je ne sais si je repoussais par ce geste tout ce qui venait de mes parents. Je sais seulement que mes plus beaux souvenirs d'enfance sont là-bas.

J'étais un Indien : avec un cousin on s'enfermait dans la cave fraîche et obscure, nous étions en slip avec un arc et des flèches, à cheval sur les tonneaux, nous passions là de longues heures, à nous croire les plus forts.

J'étais un cancre, j'allais à l'école, une vraie petite classe unique digne du XIXe siècle, tenue par un instituteur avec une raie au milieu du crâne aussi droite que la règle dont il usait pour nous taper sur les doigts. Il ne laissait rien au hasard et dessinait à la plume, sur mes cahiers, des zéros d'un graphisme impeccable.

J'étais ivre à la moisson de septembre encore menée par les chevaux. La poussière nous asséchait la gorge, il fallait boire beaucoup et l'on ne servait que du vin, aux adultes comme aux enfants.

J'allais chercher le lait, chaque soir à l'étable. Je m'enfonçais dans la nuit pleine de bruits étranges. Je passais devant le puits et sa tête naïve sculptée dans la pierre, on racontait qu'une femme s'était jetée dedans, j'accélérais sous les fenêtres du paysan qui me jetait en pleine figure des pigeons attachés par une ficelle, un autre, un peu plus loin, tenait sa fourche et semblait me regarder méchamment. J'étais effrayé, je détalais, puis je rentrais me glisser dans un lit couvert d'un énorme édredon, chauffé par une poêle pleine de braises sorties de la cheminée. Cette sensation d'être en sécurité en poussant la porte était tout le contraire de chez moi.

C'était un autre monde, figé dans le temps, où l'électricité était encore capricieuse. La lampe à pétrole était toujours sur la table, laissant filer une odeur d'essence, que j'aime encore. Elle dessinait aux visages et aux fenêtres des ombres et des lumières. J'ai eu bien des frayeurs là-bas, mais la peur sous un arbre de Bourgogne n'a rien à voir avec celle qui me tenaillait sous le dernier réverbère avant la maison de mes parents. La peur m'ouvrait l'imagination, elle m'entraînait vers un conte mystérieux.

Quand le glas sonnait au village, nous courions voir le fossoyeur déjà à l'œuvre, nous guettions le moment où il sortirait un crâne ou un tibia qu'il briserait d'un coup de pioche. Un mort en chassait un autre. Nous avions surtout l'œil sur le curé, imprévisible ami de la bouteille et de Casso. On disait que sa mère l'avait obligé, qu'il n'avait pas eu la vocation. Ça devait être vrai parce que au 14 Juillet il s'habillait en soldat pour emmener les enfants du catéchisme au monument aux morts.

Quand il revêtait son aube, enfilait les écharpes dorées brodées par les femmes du village et entrait dans le chœur entouré d'enfants en rouge et blanc sur leurs chaussures crottées, tout le monde retenait son souffle et son fou rire. Il suffisait de deux minutes pour savoir s'il était soûl. Il commençait alors par la quête, les femmes se levaient et s'en allaient l'air offusqué, les hommes partaient au café imiter monsieur le curé.

Un jour, en pleine messe, il démonta l'orgue qui ne marchait plus à force d'avoir été maltraité par ses grandes mains d'homme bourru et chaleureux.

Une autre fois, il décida de mettre un calvaire en haut de la montagne. Il voulait porter seul la croix, il n'emmena que mon oncle, parce qu'il fallait un maçon pour la sceller une fois au sommet. Tout le monde regarda partir les deux plus grands alcooliques déguisés en missionnaires. Ils n'arrivèrent jamais là-haut, ils tombèrent ivres morts à mi-chemin. Le village eut alors très peur d'être damné.

J'aurais voulu peindre Casso avec le curé sur le chemin du calvaire. Et réussir le portrait d'Éléo, donner d'elle une belle image. Mais je n'y suis pas arrivé. Je n'ai fait que deux toiles de la Bourgogne, elle irradie pourtant toutes les autres. Car ce petit bout de campagne française, théâtre d'un conte moyenâgeux où des enfants abandonnés se laissaient impressionner par des ombres paysannes, des sourires sans dents, et un curé qui se rêvait soldat, m'entraînait, sans le savoir, vers la mythologie, Cervantès et Rabelais.

Là-bas, s'esquissaient mes lignes de fuite, le monde ne faisait qu'un bruit ténu, il s'éloignait, je ne le voyais plus que par les yeux de Casso qui avait peur des autres et de la société. Les rares fois où il était obligé d'aller à Pouilly-en-Auxois, il accélérait en passant devant la banque, une minuscule agence pourtant, mais dont il devait imaginer qu'elle allait lui réclamer son argent. Il sentait bien que le monde moderne avançait et allait tout aspirer. Il était anxieux d'une nouvelle façon de vivre qui lui échappait. Et j'étais comme lui.

Là-bas, le rituel était beau. Je garde des soirs de Noël, le souvenir intact de nos marches dans la neige vers la messe de minuit, de ce moment où nous entrions dans l'église, pleine de bougies et d'odeur d'encens, avec la crèche dressée au milieu. Ce passage de la nuit froide à la lumière soudain enveloppante a laissé en moi l'empreinte des symboles et du rituel.

Là-bas, l'inquiétant était drôle et le secret un jeu. Avec les autres gamins, nous n'arrêtions pas de chercher la clé de la petite chapelle du mont Saint-Jean. C'était Casso qui l'avait cachée, il était chargé de restaurer la bâtisse et laissait la clé aux alentours dans la nature. Nous soulevions les pierres, une par une, mais en vain, il avait dû inventer un savant calcul, un code qui menait je ne sais où, au troisième ou au cinquième arbre. C'est lui qui m'a donné le goût des énigmes. J'en mets beaucoup dans mes tableaux et chercher des clés est l'histoire de ma vie. Casso en détenait une. Il était un homme heureux.

Il est mort le premier, toujours persuadé qu'on n'avait pas mis le pied sur la Lune, il prétendait que les Américains avaient fabriqué des images en studio. C'était au début des années 1980. Éléo lui a survécu dix ans. Elle a été enterrée à côté de lui dans le cimetière en face de chez eux. Mourir revenait à traverser le chemin.

J'ai voulu pour elle de belles obsèques. Elle

détestait les curés pour d'autres raisons que moi, mais on a fait ça à l'église et j'ai même lu un psaume. Je suis resté ensuite un long moment, seul dans leur maison. La pièce en minium était intacte, Éléo n'y avait pas touché. Je savais que tout allait disparaître, je voulais tout emporter. La moindre gamelle m'évoquait quelque chose, je saisissais les objets, l'entonnoir pour planter sans se baisser, fait avec un tuyau et un morceau de bouteille d'huile de tournesol, l'escabeau à cinq marches où subsistaient les coups de crayon de mon oncle. J'ai pris une chaise entièrement construite par Casso et je l'ai posée dans mon atelier. Il y a des bouts de lui en moi.

Tu sais, si tu ne te sens pas à l'aise de marcher avec moi, marche devant, je te suivrai. Voilà ce qu'il m'a dit un jour. J'étais devenu un homme, je venais le chercher à Saumur avec ma 2 CV à la sortie d'un chantier. Il avait peur de me gêner. Il me rangeait peut-être parmi tous ces adultes qui oublient leur enfance. Il ne mesurait pas à quel point, des années auparavant, il avait inscrit en moi la possibilité d'une vie loin du monde des apparences. Casso était un artiste qui s'ignorait. Son épouvantail à merles, fait de vieux mats de chantier plantés dans la terre, avec au sommet des roues de bicyclettes qui tournaient au vent sans empêcher un instant le festin des oiseaux au potager, était beau comme du Tinguely. Il ne savait pas tout cela. Ni combien mes poumons s'ouvraient, mon cœur battait, quand sur la route vers Soussey je voyais fondre sur les panneaux les kilomètres qui me séparaient encore de lui.

Il roulait vite mon père au volant de sa Jaguar XK120 noire. Il portait des bottes d'équitation, une veste et un pantalon bouffant en daim sombre qui s'arrêtait au-dessus du mollet, il voulait ressembler à un as du volant du début du siècle. Il s'habillait comme pour le champ de course et comptait en mettre plein la vue aux gens de la campagne. J'étais sur les genoux de ma mère, le nez tout près du pare-brise profilé, je n'étais pas très grand mais je sentais bien que quelque chose clochait, j'étais gêné par ses grands airs lorsqu'il se garait devant la maison de vigneron.

Un jour, il a fini par avoir les honneurs de la presse locale, mais pas comme il les espérait. La voisine est venue me montrer le journal, ce qui mit Éléo dans une grande colère : il y avait une photo de la Jaguar totalement pliée et le nom de mes parents. Ils étaient repartis la veille après m'avoir laissé. Ils avaient eu un accident sur la route de Beaune. Je ne sais si mon père s'est énervé, mis à crier, ou s'il roulait juste trop vite, je ne sais si ses bottes rigides faites pour le champ de course ont eu du mal à atteindre le frein, en tout cas la voiture est sortie de la route. Lui s'en tirait sans mal, ma mère avec un traumatisme crânien. Elle fut soignée par le docteur Gache, neurologue. Je n'ai pas oublié son nom.

Car c'est lui que mon père m'emmena consulter un peu plus tard pour cause d'échec scolaire, lui qui me demanda, comme s'il avait tout compris de mon paysage familial : *Tu veux partir en pension ?* Oui, avais-je dit.

J'étais alors dans une école privée, Saint-Gabriel à Bagneux, après Valette à Bourg-la-Reine, des établissements tenus par des jésuites en soutane nous assommant de catéchisme, d'une messe le vendredi et de films sur les missionnaires chrétiens, avec gros plans sur les tortures que leur infligeaient les barbares, c'est-à-dire le reste du monde. Le martyre des évangélisateurs était évidemment à notre programme. À Valette, j'avais déjà connu le bonnet d'âne sur la tête, la dictée accrochée dans mon dos et le rire des autres sur mon passage. À Saint-Gabriel, une sous-classe fut constituée, nous étions deux en plein échec. Je ne fixais rien de ce qu'on m'apprenait. Les professeurs disaient à mes parents : *Je vous assure il est intelligent, mais il est très distrait*. Je me souviens des cours de calcul, je paniquais rien qu'en voyant s'aligner les chiffres, tout devenait flou. J'étais loin. Où ? Sûrement dans les colères de mon père.

Il avait dit oui, après moi, au médecin et choisi ensuite la plus cotée des pensions. Une institution chic pour jeunesse dorée et délaissée : l'école du Montcel à Jouy-en-Josas. J'avais dix ans. J'allais vers mon nouveau refuge.

De chez Cassoti au collège du Montcel, deux mondes très éloignés mais peuplés d'enfants oubliés, je peux donc tracer une route, celle où mes parents auraient pu disparaître.

L'école du Montcel avait belle allure, elle était bâtie autour d'un château, nous l'appelions le Château d'Oberkampf, parce que le domaine avait appartenu à Christophe Philippe Oberkampf, patron de la Manufacture. Mais ce n'était pas le bâtiment d'origine, celui-là devenu repaire de l'état-major allemand pendant la seconde guerre fut bombardé et détruit. Notre Château à nous n'avait pas vingt ans, il se voulait une reconstitution du XVIIIe mais il avait la fadeur du XIXe. Il y avait, tout autour, une cour dite de la Confédération, une ancienne écurie surmontée d'un clocheton, un labyrinthe et diverses maisons qui abritaient les salles de classe, les dortoirs et les chambres. Chacune avait un nom : l'Ermitage, la Belle Jardinière, le Pavillon vert, le Logis, la Source, l'Atelier, la Ravine, et le Chalet. Je les ai toutes faites. J'ai passé pas loin de dix ans là-bas. L'adolescence.

Moi qui en Bourgogne étais un fils de riche comparé aux autres, je ne l'étais subitement plus du tout. Ils étaient habillés à la mode, ils portaient des blue-jeans dont je ne connaissais pas le nom, Levi's. Ils venaient de partout y compris de l'étranger, ils étaient fils de Chagall ou d'industriel, des gosses encombrants pour leurs familles aisées.

Mais je les regardais comme des gagnants, je ne devinais rien de leurs airs émouvants et largués. Je ne voyais pas ce que mon ami Patrick Modiano, deux classes au-dessus de moi, décrit dans ses livres : *« Des enfants mal-aimés, des bâtards, des enfants perdus. Je me souviens,* raconte-t-il, *d'un Brésilien qui fut pendant longtemps mon voisin de dortoir, sans nouvelles de ses parents depuis deux ans, comme s'ils l'avaient mis à la consigne d'une gare oubliée... »*

J'étais le perdant, trop prisonnier de mes angoisses pour voir celles des autres. J'accédais à un monde normal fait de rapports humains avec des gens qu'on aime et d'autres qu'on n'aime pas. Personne ne raisonnait comme moi. Et lorsque j'allais chez eux, je découvrais des milieux ouverts, des gens pas coincés, aux antipodes des miens, petits commerçants étriqués qui se rêvaient autrement. Dehors, la guerre d'Algérie tétanisait la France, nous écoutions ses bruits, nous passions des nuits éveillés à nous dire qu'elle allait embraser le pays, débarquer *via* l'aéroport de Villacoublay tout proche. Nous parlions beaucoup, eux surtout. Ils se disaient de droite ou de gauche, pour l'OAS ou contre elle, j'étais à la traîne, bien moins savant, moins mûr. Un jour, je marchais dans la cour de l'Ermitage avec un copain, Alain Lessel, il avait autour du cou un petit rouleau de Torah qu'il s'obstinait à garder en cours de gym malgré les réclamations du prof. Je lui ai demandé : *C'est quoi un Juif ? C'est une race ? une religion ?* Il a eu beaucoup de mal à me répondre.

Pour moi au Montcel, les portes s'ouvraient. Eux, au contraire, avaient l'impression qu'elles se refermaient.

Nous étions réveillés à l'aube pour le lever des couleurs et nous marchions au pas. Section, halte. Section, garde-à-vous. Nous avions des grades, nous finirions peut-être capitaine. Les soirées, je les retrouve sous la plume de Patrick : « *Inspection dans les chambres. Brimades de quelques "capitaines" élèves de première, chargés de faire respecter la discipline. Sonnerie électrique du réveil. Douche par fournée de trente...* » Le règlement était dur, les bizutages violents, des viols se murmuraient. Les professeurs vivaient sur place, nous avions appris à nous méfier des célibataires, de ce prof de catéchisme qui prolongeait tard ses cours sur l'herbe les soirs d'été. Un jour, il fut renvoyé. L'un de nous, plus courageux, plus adulte, avait parlé.

Patrick m'a raconté qu'à leur procès les ravisseurs du baron Empain, des ex du Montcel, avaient plaidé les circonstances atténuantes, d'indélébiles souffrances de jeunesse.

Moi j'étais heureux. J'étais loin de chez moi, pas simplement pour les vacances, tous les jours.

Deux fois par mois, le dimanche, venaient les parents. Ils pouvaient garer leur voiture dans la cour centrale, mais seules les plus belles entraient, les autres restaient à l'extérieur. Mon père, n'ayant plus la Jaguar, se pliait à la sélection sociale et se garait dehors. Seul le peintre Jean Fautrier, venu voir son fils, trouvait une place parmi les Rolls pour sa vieille Citroën 15 amochée. C'est à cela qu'on reconnaissait l'artiste, à sa liberté, à ses défis, à cette façon d'être là où on ne l'attend pas. En même temps, quand j'y repense, je sais que la communauté des Rolls n'acceptait cette voiture que parce qu'elle était celle d'un peintre reconnu. La marginalité de l'artiste peut devenir une convention sociale.

J'ai compris bien des lois humaines, là-bas. à quinze ans, nous faisions déjà figure d'anciens et nous prenions chacun sous notre aile un nouveau, un tout frêle à la peau douce entrant timidement dans ce monde clos, militaire et masculin. Mon protégé s'appelait Simonnet, et je lui voulais tant de bien que j'en suis tombé amoureux. Je cherchais à frôler sa main lorsque le directeur ou sa femme nous rassemblait dans une chambre, installait le microsillon pour nous faire écouter Mozart. Et il me manquait pendant les vacances. En même temps, il y avait quelque chose d'insupportable à cette attirance, j'étais en colère contre moi-même, contre ces premières pulsions à l'aube de ma vie d'homme. Le Montcel, comme les prisons, les monastères, encadrait jusqu'à mes fantasmes. Lorsque j'en suis parti, je n'ai plus pensé du tout à mon protégé.

J'ai été viré du Montcel. J'étais alors capitaine, en classe de première.

À l'approche de l'été, la tradition nous autorisait ainsi que les terminales à organiser une vaste déconnade tolérée par les professeurs. Cette année-là, les terminales avaient vu grand, ils remplirent la piscine de toutes les tables, pupitres et chaises des salles de classes. La direction vit rouge et décréta la fin de tous les chahuts. Ça faisait dix ans que j'attendais et la fête était annulée juste quand venait mon tour ! C'était impossible, nous avons maintenu notre plan. Nous occupions le Chalet, un pavillon très proche du Château. Nous avons tendu un fil électrique et relié la sonnerie de l'école à notre dortoir. Le soir venu, nous avons barricadé les portes et, depuis mon lit, j'ai mis la sonnerie en marche, j'allumais, j'éteignais, je rallumais, ça faisait un bruit pas possible, personne ne pouvait dormir, la ville a cru que c'était la sirène incendie et que la pension brûlait. Il a fallu couper tout le circuit électrique pour arrêter le bruit. La direction a ensuite rapidement découvert les coupables, il lui suffisait de suivre le fil, elle a fait irruption au Chalet, nous étions tout habillés sous nos draps, j'étais le capitaine, je tenais les commandes. Lorsqu'ils nous ont expliqué que l'incident figurerait sur nos dossiers en vue du baccalauréat, j'ai pris la parole et dit : *On n'a rien détérioré, on n'a rien à regretter.* La réponse est venue illico : *Garouste, vous êtes viré !*

La nouvelle fut annoncée aux autres au réfectoire le lendemain après la distribution du courrier. Puis, en début d'après-midi, nous avons tous marché au pas cadencé, dans nos blazers avec l'écusson de l'école sur la poitrine, vers la cour de la Confédération. Sur le perron du Château, les professeurs étaient alignés au garde-à-vous. Le directeur a alors prononcé la phrase rituelle, qui cette fois, après tant d'autres, me concernait : *Votre camarade Gérard Garouste a été renvoyé du collège... Garouste voulez-vous sortir des rangs et venir ici ?* J'ai marché jusqu'au perron pour recevoir la sentence. Mes jambes n'étaient pas très fermes. *Garouste Gérard, vous êtes indigne de rester parmi nous. Je vous exclus du Montcel.*

Toute l'école a fait un immense chahut pour moi.

J'avais l'impression d'avoir vécu les deux tiers de ma vie. Mon père a dit que je sortais par la petite porte, il a ajouté : *De quoi j'ai l'air maintenant ?*

Je quittais un endroit où j'étais bien. Je m'y étais accroché si fort, que les amis d'alors sont toujours là. Après le Montcel, ils ont tous réussi leurs études. Ils sont devenus Jean-Michel Ribes, dramaturge et metteur en scène, Patrick Modiano, écrivain, Olivier Coutard, avocat, Francis Charhon, fondateur avec d'autres de Médecins sans frontières, François Rachline, économiste et écrivain.

Aujourd'hui je fais du spectacle avec Jean-Michel, je prends des cours d'hébreu avec François, j'ai fait lire tous les carnets de mon père à Patrick, Olivier m'a retrouvé le jugement Garouste-Levitan... Ils connaissent mon théâtre intime, ma lutte incessante contre le catéchisme étouffant de mon enfance. Ils prêtent leur visage à certaines de mes toiles, j'aime glisser leur tête d'intellectuels pas dupes entre l'âne et le figuier de la Bible. Je les photographie en leur demandant un air inquiet, suspicieux, ils font ce que je leur demande en souriant, comme de vieux copains qui diraient, *le voilà qui recommence*, ils lèvent ou baissent les yeux, s'allongent, se recroquevillent, tendent les bras... Ils sont dociles. Ils ont appris à marcher au pas, à l'aube, comme moi.

Après mon renvoi, j'ai échoué dans une boîte privée, c'est là que j'ai rencontré Élisabeth, ma femme, virée, elle, de l'École alsacienne, elle était en section philosophie, moi en maths élém. Elle était juive, fille de Blima et Salomon Rochline, venus de Pologne, ils tenaient une boutique de chaussures à la mode à Paris, ils étaient communistes, pas du tout portés sur la religion, hantés par les visages de leurs proches jamais revenus des camps. *Rochline, c'est juif ça ? Je n'ai rien contre les Juifs ! Tu verras ils vont t'accepter, ils aiment bien que leurs filles épousent des goys,* m'avait dit mon père. J'avais choisi mes amis, mes amours. Mais j'étais perdu.

Je n'avais pas eu mon bac. Aucun moule, aucune école n'avait su faire quelque chose de moi. Je n'avais été bien que sur d'autres planètes : les ivrogneries et les fantaisies de Cassoti, ou au contraire les chambrées quasi militaires du Montcel. Il m'avait fallu ces extrêmes pour deviner d'autres vies possibles, loin des courants dominants où je vivais noyé. J'aurais pu sombrer, rester dans l'ignorance, laisser s'user ma vie sans même qu'elle ait commencé, mais je sentais grandir en moi l'urgence et j'avais tellement le sentiment d'être fragile que je n'avais plus rien à perdre.

Mon parcours, aujourd'hui, je le regarde comme une expérience. Une petite histoire que Jean-Michel Ribes tenait de sa grand-mère :

Deux souris tombent dans un bocal de lait. Elles se débattent mais glissent sur les parois. La première abandonne et se noie. La seconde se débat tellement fort qu'elle change le lait en beurre. Alors un jour, elle peut s'échapper.

IV

Alors j'ai nagé contre le courant. Comme on remonte vers une source.

J'avais vingt ans, le monde était comme un volcan, les enfants de l'après-guerre voulaient faire table rase de l'ordre ancien, mes copains étaient dans le théâtre, j'écoutais Sartre depuis le quatrième rang de l'Odéon, pourtant je ne pouvais m'élancer. J'avais pris un mauvais départ et la colère ambiante n'épongeait pas la mienne. Comme toujours, je ne raisonnais pas comme les autres. J'étais retenu quelque part.

Je ne savais que dessiner. Depuis tout petit, j'étais le dessinateur de ma classe. Les fruits pour la fête des Mères, le Père Noël en décembre, je les réussissais mieux que les autres élèves, et souvent ils me demandaient de terminer leur travail. Quand sonnait l'heure du dessin, envolés le bonnet d'âne, les sarcasmes, les complexes, je jubilais, j'existais. Et je voulais faire toujours mieux, toujours plus. C'est ainsi qu'à l'âge où l'on représente des avions en forme de croix, une aile au-dessus, une autre en dessous, j'avais comparé le mien à une photo et constaté que quelque chose n'allait pas. J'avais fini par comprendre qu'il suffisait de mettre un angle aux ailes. Je découvrais seul les lois de la perspective et je quittais le dessin d'enfant par la grâce d'un avion qui planait sur les regrets de mon père.

Il avait repéré mon penchant et j'eus bientôt droit à des leçons à la maison. Il m'en reste l'impression d'un tour de magie et aussi le dessin d'un arbre nu encore posé sur mon bureau : j'appris à faire une gamme de couleur du noir au blanc pour installer l'hiver. Je me souviens m'être appliqué quand, à La Valette, la sœur nous demanda de dessiner Saint Louis rendant la justice sous son chêne, je m'attendais même à ses louanges le jour où elle distribua les notes, la mienne fut bonne mais de son stylo rouge elle avait barré le nez de Saint Louis qui ne lui convenait pas, j'avais trouvé ça insupportable, j'étais en colère. Un crayon suffisait à me rendre mon orgueil. Une place parmi les autres. Ma mère ne cessait de répéter : *Quand on dessine comme toi, on s'en sort toujours*. Au Montcel, j'eus beaucoup de succès avec ma bande dessinée, *Puttimboum*, largement inspirée des aventures de Tintin. Elle circulait de main en main, les copains me réclamaient la suite, je dessinais pendant les cours, heureux de les impressionner. Mon père demanda au prof de dessin de faire des heures supplémentaires avec moi. Après mon échec au bac, il ne croyait plus en moi. *Puisque tu ne veux pas faire d'études, tu n'as qu'à travailler*, me dit-il, mais lorsque je lui répondis que je voulais devenir peintre, il paya encore l'Académie Charpentier, rue Notre-Dame-des-Champs, école préparatoire aux Arts déco et aux Beaux-Arts. Je voulais le séduire là où il ne m'attendait plus.

J'étais pourtant très ignorant de l'art, de la peinture. Élisabeth en savait beaucoup plus long que moi, et mes amis inscrits en fac, aussi. Je ne faisais que des croquis humoristiques que je tentais de vendre aux journaux, à *Paris-Match* ou à *Planète* aujourd'hui disparu. Je me suis donc inscrit à l'école de Louvre en auditeur libre en plus de mon école préparatoire. J'ai choisi des cours sur l'époque moderne, de Corot à Picasso, je ne parlais à personne autour de moi sur les bancs de l'amphi, je me concentrais pour la première fois sur ce que j'entendais, je sentais qu'il y avait là une issue, qu'au bout de mes doigts était ma force. Je découvrais l'histoire de la peinture et le processus d'avant-garde dans l'art.

« Nous sommes les héritiers de Rembrandt, Vélasquez, Cézanne, Matisse. Un peintre a toujours un père et une mère, il ne sort pas du néant », disait Picasso.

Moi je sortais du néant. Ma famille rongeait les os d'obscurs tabous. L'école ne m'avait ouvert aucun chemin. Rien ne m'avait été transmis. Quant à Picasso, qui bientôt allait mourir, il avait dévoré l'héritage, il était de ces génies qui tuent le père et le fils. Il avait peint jusqu'au bout et magistralement cassé le jouet. Il avait cannibalisé, brisé la peinture, ses modèles, ses paysages, et construit une œuvre unique. Si je regarde *La femme qui pleure*, je sais que la tristesse n'est pas le sujet mais l'alibi. Le sujet c'est ce que Picasso, l'iconoclaste, peut faire des larmes d'une femme. Le sujet, c'est l'artiste lui-même. C'est toujours comme ça que la peinture a fait scandale. Picasso est allé jusqu'au bout de cette aventure-là, au bout du style. Il a rendu classique tout ce qui viendrait après lui. Il est la peinture et son aboutissement.

Que faire après lui ? Et après Marcel Duchamp qui venait de mourir ? On était en 1968, et nul n'a voulu voir, alors, que la révolution de l'art était terminée, Duchamp en était le point final. Il avait renoncé à la peinture, décrété l'objet comme œuvre et l'artiste celui qui regarde. Il avait joué avec notre mémoire, notre culture, notre rétine et avait poussé si loin le défi que tout avait été fait et défait. Il ne restait qu'à faire bon usage de notre liberté.

Moi, quand il est mort, j'étais aux Beaux-Arts depuis un an. Je voulais devenir peintre. Je me sentais très seul. Je suivais des cours généraux où j'étais perdu. Je n'appréciais que l'histoire de l'art, l'ambiance de la bibliothèque, où j'ai lu et relu le fac-similé du manuscrit du docteur de Mayern sur les couleurs de Rubens, je flânais dans la salle des prix de Rome, aussi appelée salle des Loges. Elle était découpée en plusieurs petits espaces où depuis des dizaines d'années les architectes et les artistes, candidats au grand prix, s'enfermaient pour préparer leur œuvre. Ils avaient laissé sur les murs des brouillons de peinture et des caricatures, comme des graffitis des années 1930. C'était un splendide mille-feuille d'époques et d'influences.

En ce temps qui brûlait d'être à demain, j'aimais les odeurs du passé. J'allais au Louvre, muni d'une loupe, parfois même d'un compte-fils, j'avais déjà un faible pour la peinture espagnole, qui fait la part belle à la matière, je m'attardais près des toiles de Vélasquez, de Goya, du Greco, j'allais au plus près des empâtements et des glacis. Plusieurs fois, les gardiens m'ont demandé de reculer. Et je reçus comme un choc l'exposition de la collection d'art brut de Dubuffet au musée des Arts décoratifs, en 1968 : il avait fait le tour des psychiatres et des hôpitaux pour rassembler des œuvres de malades. Je me souviens notamment d'un rhinocéros immense dessiné sur ces papiers qui enveloppent les oranges, il les avait collés les uns aux autres sur trois mètres de long et plus de deux mètres de haut. L'œuvre ne fut découverte qu'à la mort de son auteur, elle était dans sa poche, les papiers étaient si fins qu'il la repliait et la portait toujours sur lui. Dubuffet, qui aimait choquer la noble culture, tissait ici un lien entre l'artiste et le fou. Je n'étais encore ni l'un ni l'autre.

Très vite, je me suis absenté des Beaux-Arts, de plus en plus. Les dernières années, je ne m'inscrivais plus que pour le restau U et le sursis militaire. J'étais un aspirant sans boussole et je ne savais quoi faire de mon rêve de peintre. J'avais lu Duchamp comme on prend une douche froide, la peinture était selon lui passéiste, il fallait l'abandonner. Alors je pensais au théâtre, je dessinais les décors de Jean-Michel Ribes, nous piquions des accessoires dans les grands magasins, et de moi-même je pouvais faire une statue antique en me peignant en blanc. Je réalisais aussi quelques installations, et je fis une première exposition très confidentielle de dessins monumentaux.

Pour gagner un peu d'argent, j'étais le coursier de mon père. *J'y crois pas à ta peinture. Si tu veux essaie, va aux Beaux-Arts, mais je ne financerai plus, tu vas devoir travailler pour vivre. Je peux te proposer d'être livreur chez moi,* m'avait-il dit. C'est l'une des rares paroles justes, d'homme à homme, que je retiens de lui. Et c'est comme ça que je me suis retrouvé à arpenter le faubourg. Dans sa boutique, tout le monde m'appelait Rembrandt : *Hé Rembrandt, va chercher les fers forgés !*

J'allais librement rue du Faubourg-Saint-Antoine, artère du métier, je m'engouffrais dans les arrière-cours aujourd'hui disparues, je visitais le vernisseur, le laqueur, l'ébéniste. Je me souviens d'arbres exotiques arrivant entiers d'Afrique, de fonderies qui semblaient tout droit sorties du Moyen Âge, des odeurs fortes du vernis à l'alcool et de la gomme arabique, des petits métiers aux noms incroyables, toupilleurs ou encore tourneurs sur bois. Il y avait en vitrine des salles à manger qui faisaient rêver les jeunes mariés, et, à l'arrière, des hommes souvent soûls, ivres d'alcool et d'odeurs. J'aimais ce tourbillon fabriquant du faux luxe, ce dur travail dans les règles de l'art.

Au bout de deux ans, mon père trouva que le fils du patron en simple livreur n'était pas bon pour l'étiquette, il me proposa de devenir vendeur. Je ne savais pas lui dire non.

Le magasin était au 152, boulevard Voltaire. Il ne s'appelait plus Le Décor du Logis, mais Garouste et Jémont, du nom du nouvel associé de mon père, un type encore plus antisémite que lui, qui aurait volontiers intégré la Waffen-SS française pendant la guerre, s'il n'avait été trop jeune. Il y avait là aussi mon oncle Jacques revenu du Brésil et le frère aîné Roger, à la retraite, qui passait souvent et qui me disait : *Te fais pas d'illusion, toute la famille est dans le meuble, tu finiras dans le magasin*. La malédiction me poursuivait.

Et je peignais mal, je n'aimais pas mes cours, j'y allais de moins en moins. Je sentais bien l'appel du monde extérieur, ces réfugiés politiques épris de liberté et de culture qu'on croisait aux Beaux-Arts, mes copains dont tous les projets avançaient, Élisabeth qui rêvait pour nous d'avenir, mais les portes de ce foutu magasin semblaient se refermer sur moi.

Les affaires de mon père connaissaient alors un certain succès. Il achetait pas très cher chez Drouot, de belles pièces orientales, paravents, coffres, meubles, il les démembrait dans son atelier d'ébénisterie et les changeait en cache-téléviseur. Car à l'époque on cachait sa télé comme l'argenterie. J'étais complice de ce massacre. Une fois, il m'envoya à Senlis, une femme avait vu l'une de ses publicités dans une revue de décoration et l'avait appelé parce qu'elle avait une relique chinoise dans son garage. J'y allai, je tombai sur une merveille, un lit comme une petite maison avec à l'intérieur des porcelaines érotiques et des oiseaux en bois sculptés à la feuille d'or. C'était le musée Guimet qu'il fallait prévenir. Mais j'appelai mon père. Le lit partit dans ses ateliers, il fut débité et fournit une vingtaine de cache-téléviseurs. C'est l'un des grands regrets de ma vie. J'étais alors étudiant des arts et de leur histoire et j'étais complice des Garouste, petite bourgeoisie mesquine et sans culture qui prétendait connaître la civilisation chinoise. Je revois l'oncle Jacques, un vrai commerçant du faubourg qui allait chercher les clients sur le trottoir en leur disant : *Vous achetez une pièce de musée !* Quant à mon père, je continuais à en avoir peur, je tentais de me raisonner, je me disais, *t'as vingt-cinq ans, il ne va pas te taper dessus,* mais j'étais incapable de l'affronter.

Je le faisais plus dur qu'il n'était. Je ne voyais que l'ogre de la maison. Depuis toujours pourtant, ses numéros d'homme carpette appâtant le client ou ses explications devant une boulangerie pour m'expliquer que les Juifs étaient bien trop malins pour se lever tôt me le montraient tel qu'il était, un mélange de force physique et de bêtise, un faible s'abritant derrière la colère. Un enfant sait, ou tout au moins, il a des intuitions. Mais longtemps, j'ai attendu de lui une image forte, il s'est toujours soucié de moi et j'avais besoin de le croire solide.

Les peurs que je fabriquais encore à vingt-cinq ans n'étaient que de fausses excuses pour ne pas m'éloigner davantage. J'étais terrifié par la somme des reproches en moi. Je n'étais plus qu'un maillon entre les miens et mon avenir. Partir me ferait les trahir. Et je m'affolais des demandes d'Élisabeth qui voulait se marier et avoir des enfants. Je me souviens lui avoir dit devant une crème caramel, dessert qu'elle adore encore et qui nous fait rire aujourd'hui : *Profites-en bien de la crème caramel, quand on sera mariés, tu ne vas pas en bouffer souvent !*

Quand je me retrouvais à tenir un stand à la Foire de Paris, donc debout pendant près de dix heures d'affilée devant des antiquités débitées en cache-téléviseurs, je savais être ailleurs, ne plus voir passer la foule et le temps. C'est quelque chose qui m'est venu au collège et que je pratique encore. J'ai forgé des résistances et des abris. Je sais déserter le réel quand il est trop dur, je me laisse happer par mes idées, mes histoires. Je rentre en moi.

Au magasin, j'avais un double. Un autre moi, qui me regardait vendre en rigolant et se disait *jamais je ne serai le directeur de ce magasin.* Ainsi, je jouais le vendeur mais je ne l'étais pas vraiment. Quand quelqu'un entrait, je l'invitais à se promener, à regarder, je le laissais passer devant moi dans les allées, et une fois dans son dos je singeais une absurde ballerine, je levais les bras au-dessus de la tête, je me mettais sur la pointe des pieds, je tournais sur moi-même, je dansais ! Non je n'étais pas un vendeur !

Si la personne trouvait son bonheur, nous passions au bureau pour enregistrer sa commande. C'était du sur mesure, il fallait donc interroger le client sur la taille de sa télé, sur ses goûts, ses couleurs, *tiroirs ou pas tiroirs ?* J'avais un petit carnet pour noter les désirs et les cotes. Mais tandis que je demandais : *Et vous le voyez comment votre meuble ? Dans votre pièce, verrez-vous son profil ?*, je n'écrivais rien de leurs réponses, je faisais des petits croquis pornos, des petits phallus de toutes tailles, c'était ma façon d'avoir des couilles. Car je n'étais pas un vendeur ! Jamais je ne serai le directeur de ce magasin !

Mes dessins, coups de crayon noir et agiles, qui m'avaient naguère valu les seules félicitations jamais reçues à l'école, masquaient mal ma détresse d'homme au point mort. Je ne faisais que soulager ma tête, elle était lourde, et mes mains engourdies, aussi lâches que mes mots et mes danses dans le dos des gens. J'étais incapable d'assumer mes désirs, mon rêve. C'est un énorme défi que de se dire face à un Rembrandt : pourquoi pas moi ? Incapable, aussi, d'assumer mon amour pour Élisabeth.

Notre mariage fut sinistre. Mon père, qui avait fait faire les alliances, m'avait prévenu quand j'avais mesuré mon doigt et celui d'Élisabeth : *Te trompe pas, car si tu n'arrives pas à mettre l'alliance au doigt de ta femme le jour du mariage, c'est elle qui portera la culotte.* Le jour dit, à la mairie, au moment de sortir les bagues, je ne les trouvais plus, un trou dans ma poche, de longues minutes, le maire qui toussait et moi qui fouillais ma doublure. Quand enfin je les retrouvai et pris la main d'Élisabeth, la prédiction se réalisa, la bague ne passait pas à son doigt. Et je faisais miens les mots de mon père, ils cognaient dans ma tête, je parlais comme lui : *Elle portera la culotte, cette femme juive va me dominer !*

J'avais pourtant fait le pas. Il en fallait d'autres encore.

Je cogitais sans cesse, comme s'il me fallait me justifier, me situer, ça m'épuisait, l'envie de peindre m'abandonnait puis elle revenait, plus brûlante encore. Où était le courage artistique désormais ? Fallait-il déchirer, brûler les toiles ? Certains essayaient. Mais l'avant-garde c'est une bataille, pas une surenchère. Il faut un risque à la peinture. Je n'avais pas envie de prendre le train en marche. J'allais peindre, quitter le magasin, prendre un nouveau départ ! L'originalité était morte avec Picasso ? Bon débarras ! On allait pouvoir s'intéresser au sujet plus qu'au style, raconter des histoires, jouer avec les sens, les émotions, j'en avais tant des émotions. Je voulais renouer avec la peinture, quitte à être jeune et classique, quitte à revenir en arrière. Je ne voulais pas d'une peinture nostalgique, je voulais déjouer l'avant-garde avec mes pinceaux et mes couleurs. L'art doit, de toute façon, tendre des pièges.

Il y a un tableau de Zurbaran que j'aime beaucoup, à Madrid, c'est le portrait en pied de *Sainte Casilde*. Elle était la fille d'un seigneur d'une province d'Espagne, un homme cruel qui enfermait ses ennemis et les laissait mourir de faim. La nuit, Casilde portait du pain aux prisonniers. Une fois son père l'a surprise, et, miracle, les pains se sont changés en fleurs. Devant le tableau, on est comme le père, dupé, on voit une jeune fille délicate avec un bouquet dans les mains. Mais plus on regarde, plus on se dit qu'elle n'a pas le visage d'une sainte. Le peintre a joué avec ses traits comme avec son mensonge. J'aime l'idée qu'on représente une chose et qu'on en raconte une autre.

Je me décidai enfin à créer dans un cadre qui n'avait rien de nouveau. Il restait tant de choses à faire et à dire. J'étais comme le pianiste, quatre-vingt-huit touches sous les doigts et pourtant une musique infinie devant lui ; comme l'écrivain, tenu par la grammaire et les mots, et pourtant une multitude d'histoires à écrire. *« C'est parce que le langage est fermé sur lui-même que l'écrivain peut créer »*, disait Roland Barthes. Le jour où j'ai croisé cette phrase, elle m'a fait du bien. Et lorsque, des années plus tard, je me suis mis aux échecs, j'ai trouvé sur les soixante-quatre cases noires et blanches, une extraordinaire résonance avec mon choix de peintre. Il y a là une trame d'une rigueur absolue, avec des règles très strictes, où pourtant, des parties et des combinaisons s'inventent. J'ai été jusqu'à m'inscrire dans un club du quartier de l'Opéra à Paris. Je quittais la solitude de l'atelier pour un monde d'hommes qui parlaient très fort sous une fumée de cigarette stagnante avec aux murs des écrans et des retransmissions de compétitions sportives. Une seule fois, j'ai joué contre une femme, comme les autres elle s'est ennuyée, je n'étais là-bas qu'un piètre pousseur de bois, c'est très désagréable d'ennuyer une femme. Mais je n'éprouvais mon plaisir, mon progrès qu'en faisant miennes les règles du jeu. La peinture, c'est la même chose. Ce n'est pas la technique qui est intéressante, mais la liberté qu'elle offre, ce moment où l'on domine la règle.

J'aime les mains d'un seul trait que faisait le dessinateur de presse américain Saül Steinberg. J'aime celles de Vélasquez, quatre touches d'une grande justesse, au millimètre près.

Moi si je peins parfois de très grandes mains, pleines de doigts, c'est un hommage que je leur rends. Tant qu'il y aura des mains, il y aura des dessins d'enfants et des tableaux.

J'ai été jusqu'à fabriquer moi-même ma peinture. J'ai mélangé les pigments, les oxydes de fer, l'huile. Une jeune chimiste, Hélène, m'assistait, elle m'a présenté ses directeurs de thèse, MM. Petit et Vallot, éminent tandem consulté aussi bien pour la restauration des tableaux du Louvre que pour la couleur du TGV. Ils m'ont expliqué leur mélange et m'ont donné l'adresse de leur raffinerie à Compiègne, énorme usine qui fournit l'alimentaire comme les fabricants de moteurs d'avions. J'y suis allé, je voulais de l'huile de lin, d'œillette et de carthame, et pour avoir l'air d'un artiste très professionnel, j'ai gonflé ma commande et ma poitrine et demandé cinquante litres de chaque. Le responsable m'a expliqué dans un sourire qu'il ne pouvait facturer une si petite quantité, *prenez-le comme un échantillon*, m'a-t-il dit. Je suis reparti avec mes bidons vers mon atelier. Là, j'activais la broyeuse à couleurs, je mesurais le diamètre des pigments pour déterminer l'onctuosité de la peinture, puis je les mélangeais à l'huile. Le tout était ensuite conservé dans des seringues à graisse pour tracteurs, que j'avais récupérées et fait nickeler. J'écrivais dans un carnet de longues listes de couleurs, filles de la science et de la poésie : jaune lumière, violet de mars, rouge de cadmium, blanc d'argent, carbonate de plomb, oxyde de fer. En face je notais des grammes ou des kilos. J'avais les mains sales comme un paysan de Bourgogne, comme un gamin qui ne ferait plus que de la peinture. J'aimais ça.

Devenir peintre, c'était finalement inverser la vapeur : faire des instants rares de mon enfance l'essentiel de mes jours, et de mon éducation un dangereux mensonge. Mais si la peinture a enchanté mes doigts, ce sont les livres qui ont nettoyé ma tête. C'est avec *La Divine Comédie* de Dante que ça a commencé. *« Dans le milieu du chemin de notre vie, je me retrouvai par une forêt obscure... »* Ainsi débute le poème. J'avais vingt-cinq ans, j'étais coincé entre le passé et l'avenir, aussi obscur l'un que l'autre. Je cherchais mon chemin, je ne savais pas très bien ni d'où je venais ni où j'allais, le texte trouva un réel écho en moi.

Ce voyage initiatique de Dante escorté de Virgile, à travers les neuf cercles de l'Enfer, les sept gradins de la montagne du purgatoire, jusqu'aux neuf sphères concentriques du paradis, convoquait les mythes de l'Antiquité, les philosophes, les héros bibliques, jusqu'aux personnalités locales contemporaines de Dante, il mélangeait les lieux imaginaires et les expériences concrètes, la politique, la religion, l'amour. Il réveillait bien des questions et des figures croisées enfant, mais il les disait et les montrait autrement. Alors dans ma tête, le va-et-vient s'intensifia avec le passé. J'avais été instruit par des hommes en soutane, étreint par la violence, l'amour et les préjugés de mon père. Le catéchisme de mon enfance ressurgissait. Je me rendais compte que je l'avais enterré un peu vite en me proclamant athée comme tant d'autres à l'adolescence, il était en moi ce vieux venin, il n'avait rien perdu de sa violence, il fallait le mettre à l'épreuve des textes et de ma maturité d'homme. Il me fallait démonter la grande manipulation religieuse et familiale. C'était ça mon sujet. Et je n'allais plus en changer.

La suite est une succession de livres et de mots, ils m'ont lavé, récuré même, et ils m'ont fait peindre. Dante n'était qu'un début, il avait déclenché quelque chose, mais sa morale restait trop religieuse. Je n'avais pas assez trahi encore. Je lisais tous azimuts, l'interprétation analytique des Évangiles par Françoise Dolto jusqu'aux commentaires de l'Ancien Testament, surtout celui de Rachi, très influent rabbin français du Moyen Âge, qui n'allait plus me quitter.

L'heure était à la rupture. J'étais en rupture avec la rupture. Je lisais la Bible et je fabriquais de la peinture à l'huile. Je cherchais le chaos des poudres sur la toile que je préparais à l'ancienne, quand ceux de mon âge faisaient de la photo, des installations, des performances. Je me tournais vers l'originel plutôt que l'original, tout ce que je découvrais, je voulais l'éprouver jusqu'au bout de moi-même, je voulais savoir ce qu'il y avait à l'intérieur des couleurs, des livres, des autres, de ma tête surtout. Car la personne dont j'avais le plus peur n'était pas mon père, mais moi.

Je me sentais bloqué par mon ignorance. Alors j'allais là où je voyais du danger, sans réaliser encore que toutes les questions qui m'agitaient, qu'elles soient personnelles, philosophiques ou artistiques, ne faisaient qu'une seule. Plus je remuais mes souvenirs, plus j'interrogeais le monde car les certitudes de ma famille étaient celles de toute une société. Moi le cancre éternel, je choisissais la voie de l'érudition plutôt que celle de la provocation, c'était mon tempérament, mon introversion, mon urgence. Peu à peu je trouvais mon langage.

Et sans le voir je dérivais doucement vers ce monde juif obscur et malin, dont on m'avait appris à me méfier. Depuis tout petit, je rêvais d'en pousser la porte pour voir. Au fil du temps, j'ai installé dans ma vie des penseurs du judaïsme, j'ai lu les livres de Marc-Alain Ouaknin, puis de

Philippe Haddad, tous deux rabbins et philosophes à la barbe grise, j'ai suivi leurs séminaires, discuté longuement avec eux comme on reste après la classe. Ils m'ont changé en bon élève, en me montrant qu'il n'est pas de vérités définitives. Ils font de la Torah, que les chrétiens appellent Ancien Testament, un vieux cours d'eau qui parcourt et caresse le monde sans jamais rien lui imposer. Et plus ils m'ont entraîné vers sa source, plus j'ai eu besoin d'en comprendre la langue. Un jour, je leur ai dit : *L'hébreu me manque*.

Yakov Aaroch est mon professeur d'hébreu, il a soixante-dix ans. Je ne savais pas s'il était athée ou non, ce n'était pas mon problème, pas le sien non plus d'ailleurs quand je suis arrivé. Depuis plus de douze ans maintenant, pendant une heure et demie chaque semaine, mon ami François Rachline et moi dialoguons avec lui. L'hébreu est une véritable invitation à l'interprétation. Une même racine de trois lettres peut aboutir à différents mots. Le désert, la parole et l'abeille ont ainsi le même point de départ. Et c'est une aventure littéraire extraordinaire que de se pencher avec Yakov à la source de notre civilisation. La Torah est un rouleau de mots sans voyelles ni césure. Pour la dire, il faut la chanter, les voyelles viennent avec la voix, elles fécondent le texte. Et pour la comprendre, il faut deviner d'où part chaque mot et où il s'arrête. C'est lent, nous avançons au rythme de trois versets par an. Le Talmud dit d'ailleurs qu'il ne faut pas lire la Bible seul, elle se discute, elle s'arrange pour être compliquée et faire douter les hommes.

J'aime bien l'histoire des trois rabbins dans un taxi new-yorkais. Le plus vieux dit son ignorance, son éternelle humilité devant le texte, le deuxième en âge dit : *Mais non, je suis bien plus ignorant que vous*. Le plus jeune intervient : *Mais vous êtes mes maîtres, c'est moi l'ignorant !* Alors le chauffeur se retourne en rigolant : *Arrêtez le concours ! S'il y a un ignorant, ici c'est moi*. Les trois rabbins se regardent alors, l'air de dire : *Mais pour qui se prend-il celui-là ?*

Dans la Bible, je n'ai pas croisé le Dieu de mon grand-père et de mon père, il n'est même pas nommé. Le tétragramme, trop souvent présenté comme le nom hébreu de Dieu, est illisible, on n'entend rien. Ces quatre consonnes dessinent un « trou du langage » comme dirait l'écrivain Daniel Sibony, il en faut, toute communauté a besoin de zones floues pour rester soudée. Les chrétiens les traduisent par Yahvé, Le Seigneur, mais c'est un détournement du texte, une invention politique faite pour asservir les hommes. Les Juifs, parce qu'il faut bien dire quelque chose quand le tétragramme se présente, articulent Adonai, ce qui veut dire « mes maîtres », certains y voient un conclave céleste, d'autres les premiers lecteurs du texte, ils entretiennent un questionnement. Ils usent du pluriel là où les chrétiens s'inclinent devant un singulier.

C'est le but et la beauté de ce texte, que de laisser des questions en suspens. Dieu et sa preuve, on s'en fout, chacun remplit l'invisible avec ce qu'il veut, il faut accepter un doute fondamental, raisonner avec x comme dans une équation mathématique, et adopter une lecture purement philosophique. C'est de l'homme face à lui-même dont il est question dans ces textes, j'y lis de véritables contes pleins de prophéties, de querelles de puits, de tentes ou de bétails, et de cieux prêts à tonner.

Quand l'Éternel ordonne à Saül, premier roi d'Israël, en guerre depuis des années contre les Philistins, de mener un dernier assaut sanglant, de n'épargner personne, même les femmes et les enfants, Saül s'y refuse, il y perd tout, son royaume et sa vie. Il est décapité. Notre professeur ajoute : *ça ne veut pas dire qu'il faut obéir à l'Éternel, ça veut dire : tu peux avoir raison et le payer très cher*. Quand je l'entends nous murmurer ainsi le sens possible de cette histoire, et de beaucoup d'autres, je sens refluer deux mille ans de mensonges, de catéchisme, de certitudes qui ont fait du monde un champ de bataille, de mon père ce qu'il était, de Gabrielle une paria et de moi un intranquille.

Je me revois le jour de ma communion catholique dans le troupeau d'enfants en aube blanche avec une grosse croix autour du cou, menés là par des années de catéchisme passif à écouter le curé nous parler du Bon Dieu. L'enfant juif, le jour de sa Bar-mitsva, sera, lui, seul face aux autres, à la place du rabbin, il devra lire et commenter un passage du texte. Même au Moyen Âge, tout Juif, jusqu'au plus pauvre, devait apprendre à lire à ses fils, les confronter au texte pour les rendre responsables, tandis qu'au même moment l'Église chrétienne en pleine Inquisition tirait le plus grand profit de l'ignorance du peuple.

Et je me rappelle une discussion avec le père Ladey, petit curé de l'église de Talant en Bourgogne pour laquelle j'avais dessiné des vitraux. Il me dit :

– Quelle chance vous avez d'étudier l'hébreu !

– Mais vous au séminaire, vous ne l'avez pas étudié ?

– Nous n'avions que très peu de cours. Apprendre l'hébreu c'était mal vu, ça rendait trop libre.

De cette époque, il avait gardé un dictionnaire anglais-hébreu, mais il ne parlait pas l'anglais.

La religion chrétienne, la mienne, a fait de l'Ancien Testament un instrument pour authentifier l'avènement du Christ, elle a dénaturé ce texte superbe, elle l'a vidé de son sens. J'ai regardé à la source des mots, ils étaient beaux, ils ne prétendaient pas dicter la vie, ils ne faisaient que l'éclairer. Ceux qui savaient les lire, les Juifs, devenaient donc dangereux. Eux sont en harmonie avec leur texte. Pas les chrétiens.

On me prendra pour un obsessionnel dans un monde où les églises sont presque vides. Mais j'ai trouvé la brèche dans le raisonnement et je trépigne encore devant les toiles de Bellini, grand peintre de la Renaissance, auteur de splendides Vierges à l'Enfant : le petit Jésus est nu, il fait face aux fidèles, aucun détail n'est laissé au hasard et pourtant son sexe n'est pas circoncis. Le Christ n'est même plus un Juif ! Ça n'intéresse peut-être plus que moi ce bout de peau en trop sur le sexe de Jésus, mais c'est important, car la toile est belle, donc puissante, regardée depuis des siècles et pour des siècles encore. Elle inscrit sur nos rétines un Christ pas circoncis, pas juif. La peinture a hérité du mensonge. Car pendant des siècles l'Occident chrétien a imposé ses mœurs, ses mesures, sa géographie, il a imprégné l'art, l'écriture, la pensée de la foule et de chacun. Il a semé l'incompréhension, le silence et le crime. On jetait les Juifs dans les puits pendant les pestes du Moyen Âge, on les envoyait dans les camps de la mort pendant la dernière guerre mondiale. Le dévoiement du texte fait de la religion chrétienne la source essentielle de l'antisémitisme.

Elle est tellement à l'aise dans la spoliation que mon père, aveuglé par son éducation, n'a jamais voulu reconnaître sa faute.

L’étude m’a sauvé. Mes toiles n’affirment rien, elles sont une invitation à relire. J’ai défait lentement les nœuds en moi. « Je suis », ça n’existe pas en hébreu. On dit : « je », « j’étais » ou « je serai ». D’un signe devant le mot, « j’étais » peut devenir « je serai » et inversement. Quand vous êtes du futur, vous êtes du passé. Les deux extrémités du temps peuvent se rejoindre, comme la première et la dernière lettre de la Torah, *beth* et *lamed*, comme Picasso s’inspirant de Rembrandt boucla la boucle où je me suis installé.

Lorsque j’ai senti cette logique circulaire, j’ai moins souffert de tourner en rond, j’ai trouvé le cadre qui me manquait et j’ai compris pourquoi je vivais les choses avec le sentiment qu’elles se répétaient. Plus on tourne, plus on creuse vers ce qui est enfoui en soi. Moi c’est un enfant. Blotti. Bloqué. Heureux de dessiner et de peindre jusqu’à épuisement. Mais parfois il souffre tant qu’il me rend fou.

V

C'était l'été, nous étions en vacances dans le Lot, chez des amis. Élisabeth était enceinte. Un matin, je me suis enfui, et de tout ce qui se passa ensuite, je garde un souvenir aigu...

Je suis parti sans rien, j'ai fait du stop, donné mon alliance au conducteur et pris le train à Brive-la-Gaillarde. Dans le wagon, deux jeunes filles ont pouffé de rire en me voyant, un rire nerveux, je dégageais quelque chose d'étrange. Je me suis mis à les regarder fixement, elles se sont tues. Puis je me suis assis en face d'une religieuse, j'ai posé mes yeux sur elle, j'ai vu sur ses lèvres qu'elle priait, alors je me suis levé et je lui ai dit : *Vous voyez, mon Dieu est plus fort que le vôtre !*

J'ai changé de compartiment. Je me suis approché d'un couple.

J'ai dit à l'homme :

– Pardon Monsieur, je voudrais m'asseoir à votre place.

– Il y en a d'autres libres, m'a-t-il répondu,

– Oui je sais, mais c'est votre place que je veux. Ou vous me dites oui, ou vous me dites non.

Timidement de la tête, il a dit non. J'ai dit *ben voilà,* et je me suis éloigné. Ensuite, un train est passé en sens inverse. Je me suis penché à la fenêtre les bras en avant. Je n'avais pas peur de les perdre.

En arrivant à Paris, j'ai proposé mon aide à une vieille dame très chargée sur le quai. Et j'ai vu les gens du train lui faire signe de ne pas accepter. Leurs gestes m'étonnaient. Je suis sorti de la gare. Il y avait une longue queue aux taxis, j'ai opté pour une voiture de maître. J'ai donné au chauffeur l'adresse de mes parents à Bourg-la-Reine. Tout en conduisant, il me regardait d'un air suspicieux dans le rétroviseur. J'ai ouvert mon portefeuille, j'en ai sorti ma carte d'identité et je l'ai jetée par la fenêtre.

– Est-ce que vous pouvez me dire votre nom ? a-t-il demandé.

– Je m'appelle Zobie.

À Alésia, il s'est arrêté. Il a dit qu'il ne pouvait m'emmener plus loin. J'ai donc marché jusqu'à Bourg-la-Reine. Je me suis d'abord arrêté à l'église, je voulais voir le curé, m'engueuler avec lui. On m'a répondu qu'il n'officiait plus là, mais pas très loin, à Alésia, d'où je venais. J'ai continué mon chemin jusqu'au pavillon de mes parents. Ils n'étaient pas chez eux au mois d'août, je savais où trouver la clé. Et aussi leur argent et les bijoux de ma mère. J'ai tout pris. Je suis reparti avec un coffret à la main et leur richesse à l'intérieur.

J'ai fait du stop. Comme personne ne s'arrêtait je me suis mis face aux voitures. Un couple a freiné, j'ai dit que je voulais aller à Paris, le conducteur m'a dit non. Au moment où il redémarrait, j'ai mis une grande claque à sa femme, il s'est arrêté, elle l'a supplié de ne pas répliquer.

J'ai marché. J'ai fini par attraper un taxi, je lui ai demandé de m'emmener au Ritz. Il m'y a déposé, j'ai sorti du coffret un billet de 500 francs, je lui ai tendu sans attendre la monnaie.

Dans le hall, j'ai demandé une suite, le majordome m'a toisé du regard et fait comprendre que l'hôtel était complet. J'ai sorti trois billets de 500 en disant : *Vous allez bien me trouver ça,* et j'ai finalement été conduit vers une petite suite avec chambre et bureau.

Je n'aimais pas la décoration. J'ai arraché les tentures et les rideaux. Au bout d'un quart d'heure, quelqu'un a frappé à ma porte, un employé prenant prétexte de mes bagages qui n'arrivaient pas venait voir ce qui se passait. Je l'ai congédié et je suis parti à mon tour.

Il devait être minuit. Je suis de nouveau monté dans un taxi, lui ai demandé de me déposer au 140, rue de Belleville, c'était l'adresse d'Émile, un ouvrier ébéniste dont j'avais fait mon ami quand j'étais le livreur de mon père. J'ai frappé chez lui mais personne n'a répondu. J'ai marché un peu, le quartier était chaud, je suis tombé sur des gamins qui traînaient. Ils m'attendrissaient, je leur ai distribué des billets de 500, ils n'en revenaient pas, ils croyaient que c'étaient des faux.

Je suis finalement reparti vers Alésia. Je voulais toujours voir le curé. L'église était fermée. Alors j'ai enlevé ma chemise, j'ai retroussé mon pantalon, j'étais pieds nus et prêt à me battre. Je suis rentré dans un café tout près, et, armé de la petite caisse volée à mes parents, j'ai cassé tout le coin tabac. Clients et garçons de café se sont alors jetés sur moi, ils ont fini par me bloquer au sol. Une femme a dit : *Ne lui faites pas de mal.*

Ils ont appelé la police. Elle a l'expérience des fous. J'ai commencé à me calmer. J'étais couvert de bouts de verre et j'avais blessé deux garçons de café. L'un d'eux voulait encore me mettre son poing dans la figure. Nous sommes partis à l'hôpital. Et après au commissariat.

Là, j'ai répondu aux questions, mais je n'ai pas dit mon nom. C'était agréable cette sensation de ne pas exister. Je quittais mon identité. Je me sentais libre. Je disparaissais. Et je voyais pourtant très nettement ce qui se passait : des policiers tentaient d'ouvrir le coffret de mes parents, il s'est volatilisé à ce moment-là, on ne l'a jamais retrouvé.

J'ai été emmené à l'infirmerie psychiatrique de

la préfecture de police de Paris, rattachée à Sainte-Anne. Un psychiatre s'est présenté à moi, j'ai craqué, j'ai pleuré, j'ai dit que j'espérais n'avoir tué personne. C'était comme si le délire me laissait quelques secondes de répit, de conscience, puis reprenait aussitôt. D'autres psychiatres sont venus avec leurs élèves juste derrière eux, j'y voyais un tribunal céleste et je craignais que mes réponses à leurs questions ne décident pour moi du paradis ou de l'enfer.

– Votre métier ?

– Je peins.

– Vous peignez quoi ?

– Des fleurs.

J'ai cru à l'enfer lorsque l'on m'a installé seul dans une chambre toute blanche. J'ai regardé par la fenêtre et j'ai fixé les chiffres sur le bâtiment d'en face. J'y voyais des codes. On m'a apporté un peignoir, je l'ai enfilé. Puis la première nuit est venue. J'ai entendu une femme hurler dans la chambre d'à côté, elle voulait tuer son mari. J'ai tapé contre ma porte pour aller aux toilettes, mais personne n'a répondu. J'ai donné un coup dans la fenêtre, mais elle était trop épaisse.

Au troisième jour, alors qu'un infirmier venait de m'apporter un nouveau peignoir, je m'attardais encore sur les lettres brodées dessus, initiales de l'Assistance publique suivies d'un code. J'ai dit soudain, comme si cet alphabet secret m'en rappelait un autre, *mon nom, c'est Gérard Garouste.* L'infirmier l'a écrit tout de suite. Ils ont trouvé mes parents, les ont convoqués. J'ai insulté mon père devant le psychiatre de la police. Je lui ai reproché de m'avoir interdit de fumer, et aussi de m'avoir repris une montre Breguet, celle des pilotes, qu'il m'avait offerte. Mon père surpris, bafouillait, *mais je te la rends, si tu veux, tu ne la portais pas, je l'ai mise en lieu sûr*. Des reproches d'enfant sortaient de ma bouche. Un mois et demi d'hospitalisation d'office ont été prescrits.

J'ai été transféré à Villejuif dans un camion, attaché sur un siège par des sangles de cuir. En arrivant, on m'a retiré les petits bouts de verre qui restaient incrustés dans mes pieds. Jusque-là, je n'avais rien senti. Le délire avait fait de moi une bombe humaine. Le délire, c'est une fuite, une peur très grande d'être au monde, alors, on préfère se croire mort, tout-puissant, ou juste un enfant.

J'ai commencé par une cure de sommeil de quelques jours.

Je me suis réveillé dans un bâtiment vétuste du siècle passé, avec les dortoirs au premier étage, le réfectoire en bas et une cour où l'on pouvait aller marcher. C'est important la cour, à cause de la lumière. Élisabeth venait chaque jour, elle était la seule personne que j'autorisais à me rendre visite, elle me parlait doucement, faisait semblant d'ignorer les êtres étranges qui la frôlaient, la touchaient et passaient leurs mains dans ses cheveux. Je lui ai demandé de m'apporter des vêtements blancs et des cigarettes, beaucoup, je n'étais jusque-là pas un grand fumeur, là-bas je consommais trois paquets par jour. Je recevais des piqûres d'halopéridol et des cachets contre les effets secondaires, la crise de tétanie notamment. Ces médicaments briseurs de délire menaient tout droit à la dépression, je ne le savais pas encore, je n'avais aucune expérience de ce qui m'arrivait. J'avais devant moi une courte période que j'appelle *lune de miel.*

J'ai vécu ce moment comme un voyage en terre étrangère. Le pavillon mélangeait tous les malades, les dépressifs, les épileptiques, les légumes, ceux qui étaient là pour toujours et ceux qui ne faisaient que passer. Et je préférais de loin notre dortoir à vingt à ma chambre solitaire et blanche de l'infirmerie psychiatrique de Sainte-Anne. Tous mes sens étaient en éveil, je sentais, je voyais, j'entendais, rien ne m'échappait de la laideur des lieux, des murs, des gens, ceux qui faisaient sous eux ou dans leur lit, les odeurs, les couches, le grand ramassage des draps le matin, les nuits bruyantes, les rêves éveillés au point de crier, l'infirmier qui passait et soupirait *c'est la pleine lune*, celui qu'on attachait jour et nuit, et qui, profitant qu'on le déplaçait, envoya violemment sa tête contre le mur... Mais je transfigurais le tout en un univers sombre et mythologique. Les grilles de l'hôpital avaient sur moi le même effet protecteur que celles du Montcel, elles me tenaient éloigné de la réalité.

Un jour, tandis que je les frôlais en courant dans la cour, une femme d'un certain âge, un peu « Armée du Salut », me regardait passer depuis l'autre côté. Je me suis arrêté. Elle m'a touché comme si j'étais un miracle vivant, elle m'a dit, *Dieu est avec vous*. Peut-être était-elle folle, elle aussi, plus que moi. Je devais en tout cas dégager quelque chose d'étrangement serein. Élisabeth repartit paniquée, lors d'une visite, où je lui dis mon intention d'organiser ici une fête pour la naissance de notre enfant, je voulais que tous les malades soient là, et présentent l'œuvre qu'ils avaient réalisée en atelier d'ergothérapie. Je les trouvais tous sympathiques. Je vivais chaque instant parmi eux avec une sensibilité exacerbée.

Je luttais contre Élisabeth et ses espoirs de me voir revenir à la maison. Elle représentait l'extérieur, elle me rappelait à la vie et je le lui faisais payer. Un jour, alors que nous revenions d'une permission de sortie, je lui ai proposé un autre chemin pour rejoindre mon pavillon. C'était un piège. J'ai ouvert une porte qui donnait sur une grande salle sans rien, ni chaise ni table, juste de la paille au sol, où erraient des grands fous, des morts vivants faisant encore sous eux. Et j'ai rigolé devant ses yeux bordés de larmes.

Selon les époques, les mots me concernant ont changé : on m'a dit maniaco-dépressif ou bipolaire...

Un siècle plus tôt, on aurait juste dit fou. Je veux bien.

À l'intérieur de l'hôpital, on fait avec la folie. On s'organise. C'est un monde sans politesse ni pudeur. Un étrange ballet dans une grande salle de réfectoire. Il y avait le type qui regardait la balle de ping-pong pendant des heures et qu'un jour un autre a rejoint pour la regarder avec lui ; et aussi le chef des fous – il y en a toujours un, comme il existe le chef des prisonniers ou qu'il existait le roi des argotiers à la cour des Miracles –, lui était là pour toujours, je me demandais pourquoi, il n'avait rien d'anormal, peut-être était-il dangereux à l'extérieur, peut-être ne pouvait-il plus y vivre. Tout passait par lui. Quand on me vola mes Lucky Luke, j'étais allé le voir et je lui avais donné un paquet de cigarettes pour qu'il me les retrouve. Et j'avais encore fait appel à lui lorsque l'homme à la tête de gargouille, un visage effroyable sans front, m'avait volé ma règle. J'y tenais à cette règle, je l'avais réclamée à Élisabeth, et je me promenais fièrement avec. Je ne supportais pas de voir le voleur difforme, accroupi au pied des tables, me regarder tout en la mordillant.

Je me rappelle aussi d'une infirmière, elle pensait que j'avais des dons divinatoires, elle s'approchait de moi, me posait des questions sur sa famille et j'y répondais.

Et des parties de pétanque entre soignants et malades. Quand l'un d'eux, toujours le même, prenait une boule, tout le monde courait se cacher derrière les arbres !

Mais il y avait surtout Antoine, il était mon ami. On s'était trouvés tous les deux. Il ne dormait pas dans le même pavillon, il venait me chercher le matin ou alors c'est moi qui y allais. Passé les premières semaines, j'étais autorisé à me promener sur le territoire de l'hôpital. Je le suivais, il connaissait tous les recoins, il était là depuis des années. Ça ne se voyait pas. Il ne portait pas comme tant d'autres, dans cet hôpital populaire, les stigmates de l'enfermement, nous avions à peu près le même âge, il était grand, fin, beau, il disait qu'il était là pour la vie, que moi j'allais sortir. Il avait fait des études, il parlait bien, en tout cas c'est l'impression qu'il me faisait, j'avais moi la bouche pâteuse, j'articulais difficilement à cause des médicaments. Tout était cotonneux. Je crois qu'il était épileptique au point de ne plus pouvoir vivre dehors. Une fois, je suis entré dans une pièce et je l'ai vu allongé, la tête couverte d'électrodes, on m'a fait sortir, je ne sais pas précisément ce qu'on lui faisait, ce dont il souffrait, ni d'où il venait, il semblait ne recevoir aucune visite. Nous parlions sans nous faire de confidences, nous n'en étions pas capables, nous marchions doucement, il était mon guide, il m'initiait aux lieux et nous allions, tels Virgile et Dante en Enfer. Il m'emmena voir les dangereux dans leur bâtiment bien gardé, on pouvait les approcher par l'extérieur, les apercevoir derrière une petite fenêtre à barreaux. Antoine a appelé l'un d'eux tapi dans l'ombre, il est venu, il se déplaçait comme un animal, il faisait peur. Il nous a réclamé de l'alcool. Il suffit d'un verre de vin et d'un halopéridol pour obtenir l'effet de la coke. On est revenus avec du vin. Je n'oublierai jamais sa tête collée contre la fenêtre grillagée.

Au fil du temps, je ne prenais plus les médicaments sous forme de piqûres, je les buvais. Et de plus en plus souvent, je les laissais sous ma langue, je ne les avalais pas, et je m'évadais par le vasistas de ma chambre.

La première fois, je suis allé chez mes parents, mon père était là. Je lui ai demandé un cigare, il me l'a donné, on a parlé, il m'a dit : *Reprends-toi, moi quand je ne vais pas bien, je me fous en colère, ça calme tout le monde.* Puis il m'a convaincu de retourner à l'hôpital et m'a emmené dans sa voiture. à la première église sur la route, j'ai sauté en marche, j'ai couru, et je me suis retrouvé en boule sur le parvis, incapable de faire un geste. Mon corps était figé, des crampes et des fourmillements parcouraient mes lèvres, mes pieds, mes jambes, mes bras, jusqu'au bout de mes doigts. Mon père a appelé l'hôpital, l'ambulance est venue me chercher. L'infirmier s'est penché sur moi en souriant et m'a dit : *Vous, vous n'avez pas pris vos médicaments !* J'étais en pleine crise de tétanie.

Pour éviter toute récidive, ils m'ont retiré mes vêtements. Je me suis alors évadé tout nu, couvert d'un drap. Je me rappelle d'un camion qui s'arrête en comprenant que je ne ferai rien pour l'éviter. Le chauffeur ouvre sa portière, je lui demande s'il a une paire de chaussures, il m'en tend une posée au pied du siège passager.

J'ai été repris, j'ai recommencé. Le mur était haut mais pas infranchissable. Une fois, c'était en pleine journée, la grille s'ouvrait, je me suis mis à courir, j'ai même croisé Élisabeth qui arrivait, je ne me suis pas arrêté, j'ai continué jusqu'au commissariat 800 mètres plus loin, j'y suis entré essoufflé, et, comme celui qui vient de se faire agresser, j'ai dit : *Là-bas ils veulent m'enfermer !* Très calmement, ils m'ont fait asseoir dans une cellule dont ils ont laissé la porte ouverte. Puis les infirmiers sont arrivés.

Je ne faisais que tester l'extérieur, mais je m'arrangeais pour revenir.

De toute façon, les médecins vous expulsent quand la famille a montré qu'elle savait vous protéger. Au bout de deux mois et demi, le docteur Bahon a signé ma sortie. Je suis rentré chez moi et je me suis couché. J'ai retrouvé notre maison, mon atelier, Élisabeth qui avait en elle un enfant, et aussi beaucoup de force. Je l'aimais, j'étais convaincu qu'elle seule me protégerait et pourrait me sauver, mais j'étais terrifié, je n'avais rien à lui offrir. Vivre était tout simplement au-delà de mes forces.

La sortie n'est pas une libération, c'est une punition. La réalité vous rattrape comme une brûlante coulée d'angoisse, et l'on se découvre faible et lâche. On s'effondre. J'avais envie de faire le chemin à l'envers, de retrouver l'univers irréel qui me protégeait, l'hôpital, ses habitudes, son réfectoire, son protocole, ses repas à heures fixes, Antoine, à qui j'avais promis qu'on se reverrait et que je ne reverrai jamais. Et je gardais en moi l'empreinte du délire, de la jouissance, des certitudes, de la jubilation, du charisme qu'il procure. Le délire c'est une manière de se jeter dans le vide quand on a peur du vide. C'est tellement merveilleux d'avoir cru dominer le temps et les lois du hasard. Voilà pourquoi certains ne veulent plus en sortir. Et j'ai voulu retourner à Villejuif. C'était plus simple. Chez moi, je n'étais pas en sécurité.

J'ai donc avancé le rendez-vous avec le psychiatre. Il m'a fait réhospitaliser, mais dans un pavillon différent du premier, où il m'infligeait chaque jour des séries de tests psychologiques épuisants. Ça fait très mal à la tête de penser sous neuroleptiques. J'ai voulu rentrer chez moi. C'était exactement ce que le docteur Bahon attendait.

Quand Guillaume est né quelques mois plus tard, je suis sorti de mon lit pour assister à l'accouchement. J'étais bien tout à coup. J'ai connu douze heures de grand plaisir, ce mot peut paraître banal au vu de l'événement, mais il ne l'est pas pour qui se réveille chaque matin dans l'obscurité de la dépression.

Quand j'ai raconté tout cela au psychiatre, il m'a dit : *Vous voyez, ce n'est pas la naissance de votre fils qui vous pose problème, mais sa conception.*

J'avais fugué pour fuir l'enfant dans le ventre de ma femme, il allait faire de moi un père, un adulte, il m'obligeait à panser mes blessures, à accepter le doute, à avancer enfin. Il réclamait ma joie mais il avait réveillé ma douleur. Les émotions sont dangereuses pour moi, elles détraquent quelque chose dans ma tête, mais ça je ne le savais pas encore. Le délire m'avait mené vers mes parents et les églises, vers les vérités de mon enfance. Je voulais en découdre avec elles, et il m'avait fallu tout le charisme du fou, toutes ses certitudes pour oser enfin l'affrontement.

« Un fou n'est pas quelqu'un qui a perdu la raison, mais quelqu'un qui a tout perdu sauf la raison. » J'ai lu cette phrase quelque part, je ne sais plus où, mais je la trouve juste.

Trois mois plus tard, une nouvelle crise survenait. C'était le soir, j'étais chez moi, seul dans le salon. Subitement, j'ai tracé un cercle sur le sol puis j'ai arraché un rideau pour m'en envelopper. Et je suis resté ainsi, prostré dans le cercle, en me disant que la première personne qui viendrait était le diable, parce qu'il prenait souvent les traits d'un être cher, je l'avais lu dans un livre culte de ma génération, *L'Herbe du diable et la petite fumée* de Carlos Castaneda, un traité des rites chamaniques du Mexique et de substances hallucinogènes. C'est Élisabeth qui est entrée, avec notre fils dans les bras. Il était évident qu'elle descendrait, ne me voyant pas rejoindre la chambre, mais j'interprétais cela tout autrement, j'étais un devin, elle entrait dans ma mise en scène, elle était donc le diable. *Mais qu'est-ce que tu fais ?* a-t-elle demandé en se penchant sur moi. Je crevais de trouille, j'étais devant le diable. Si elle m'avait touché, j'aurais pu la frapper pour me défendre, j'aurais pu lui faire du mal ainsi qu'à mon fils. Je suis retourné à l'hôpital.

Ma dépression a duré dix années. J'étais convaincu que j'étais foutu. Je ne peignais pas. Et personne alors n'attendait mes toiles. Nous habitions à Bourg-la-Reine dans une petite maison à une rue de chez mes parents, dont j'avais aménagé le grenier en atelier. Élisabeth me pressait de travailler, elle me disait, *monte*. Je montais. Je m'allongeais par terre devant le chevalet. J'étais mieux là que dans un lit ou dans un fauteuil. Sur le sol, j'avais l'impression que j'allais m'y mettre, me relever, que c'était temporaire. Mais ça durait, je ne gagnais pas d'argent, je ne m'occupais de rien, pas même de mon fils. Tout ce qui était vivant venait d'Élisabeth, c'était une bouffée de bonheur de la voir rentrer du travail, rire avec Guillaume ou inviter des amis à dîner.

Elle travaillait dans le magasin de chaussures de ses parents. Nous avions un pacte, qu'elle avait suggéré des années plus tôt, et qu'elle remplissait, contrairement à moi. Elle m'avait dit : *Jusqu'à ce que tu deviennes célèbre, je travaillerai dans le magasin de mes parents, je ferai la caissière s'il le faut*. Elle rêvait pourtant d'autre chose. Elle avait fait l'école Camondo, prestigieuse formation pour se lancer dans le design et la décoration, elle y était devenue l'amie de Philippe Starck et d'autres, mais son premier chantier fut pour nous, notre intérieur, notre vie. Elle voulait être plus forte que mes angoisses.

Elle avait d'abord forcé mes doutes et mon affolement dès qu'il s'agissait de vivre ensemble, de se marier, d'avoir des enfants. Elle avait été sourde ensuite aux mots de ses parents, qui très logiquement avaient freiné notre mariage. Ils connaissaient ma famille, devinaient mon tempérament. Son père lui avait dit : *Un jour, tu verras, quand Gérard sera énervé, il finira par te traiter de sale juive.* Une fois mariés, ils m'avaient adopté. Et moi je découvrais leur culture, leur pensée, l'envers de mon décor, je voyais un vrai rapport entre leur judaïsme et leur ouverture d'esprit.

Élisabeth ignorait maintenant tous ceux qui, autour de nous, lui conseillaient de me quitter. Elle tenait. À chacun de mes découragements, elle disait très calmement : *Tu vas reprendre la peinture, tu vas être peintre, j'en suis persuadée. L'envie reviendra quand tu iras mieux, pour l'instant tu te soignes.*

Une seule fois, un matin, je la revois très précisément devant la porte de la cuisine de Bourg-la-Reine, elle partait travailler, elle m'a dit sans forcer la voix : *Écoute, j'ai tout donné, je n'en peux plus. Si tu ne changes pas très rapidement, je vais te quitter.*

Si elle lâchait, je lâchais aussi. La peur l'a emporté sur la dépression.

Je suis resté debout devant mon chevalet. J'ai peint un homme marchant avec une besace et une canne sur un paysage qui semble calciné. C'est le tableau préféré d'Élisabeth. Une amie m'a dit y reconnaître l'image du Juif errant.

Mais je n'avançais que très doucement. On ne peut peindre que si l'on va bien. Le délire est un trou noir dont on sort dans un état d'extrême sensibilité bénéfique pour la peinture, mais le lien légendaire entre la folie et l'art s'est trop souvent changé en un raccourci romantique. Le délire ne déclenche pas la peinture, et l'inverse n'est pas plus vrai. La création demande de la force. L'idéal du peintre n'est pas Van Gogh, s'il n'avait pas mis fin à ses jours, il aurait fait des tableaux plus extraordinaires encore. L'idéal, c'est Vélasquez, Picasso, qui ont construit une œuvre et une vie en même temps. Pourquoi un artiste n'aurait-il pas droit, lui aussi, à l'équilibre ?

À trente ans, j'ai fait un rêve. Une voix me disait : il y a deux sortes d'individus dans la vie, les Classiques et les Indiens. Cette phrase a claqué dans ma nuit comme une vérité. La voix off était comme un troisième personnage qui m'indiquait ma voie.

Le Classique est un homme pétri par la norme, il n'inventera jamais rien, ne fera qu'obéir et suivre le mouvement en rêvant d'ascension sociale. C'est mon père.

L'Indien est un intuitif, un insoumis, un créatif. C'est Casso ou le bonheur loin des apparences. Mais l'extrême Indien court vers la folie. Je le sais pour avoir croisé quelques Apaches dans les hôpitaux psychiatriques.

Ma voie était quelque part entre ces deux hommes, ces pôles contraires de mon enfance. Vaste espace où j'avançais, égaré.

J'aspirais à la sécurité, je voulais m'investir dans le solide, le concret, les enfants, l'amitié, le travail, l'étude, je redoutais la prochaine crise, je prenais chaque jour mes médicaments. Je voulais être à la hauteur de la confiance d'Élisabeth. Je peignais, armé de livres. Je suivais une analyse. Je trouvais formidable de m'allonger et de donner de la matière à quelqu'un assis derrière mon dos, j'aimais ce rapport humain sophistiqué, théâtral, les questionnements et les contradictions. Mes cours d'hébreu quelques années plus tard ne seront que le prolongement de ces séances, car l'aventure analytique et l'étude biblique ont le même but pour moi : me dépouiller de tout conditionnement, de toutes les certitudes qu'on m'a transmises malgré moi.

À l'aube des années 1980, naissait mon second fils, Olivier, j'ai voulu Antoine pour son second prénom, et j'avais alors suffisamment de choses à montrer pour une exposition : *La règle du je*. Le Classique et l'Indien m'accompagnaient, ils m'avaient inspiré un spectacle joué peu de temps avant en 1974 lors d'un marginal festival de théâtre. Ils devenaient les personnages récurrents de mes toiles. En 2007, ils étaient encore au Théâtre du Rond-Point dirigé par Jean-Michel Ribes. Je peignais et je parlais sur scène, Denis Lavant était l'Indien, j'étais moi-même un peintre classique, le texte était de Joël Calmettes. J'avais l'impression de fermer une boucle, du cauchemar de mon enfance était né un rêve d'homme puis un texte.

L'Indien dit :

Je suis dos au mur, heureux dans mes songes

Je traque la lumière depuis l'enfance [...]

Floué ! Sentiment d'avoir été floué !

Éduqué... système de vérités... Vérités absolues.

Par la société, pas par la famille : mon père était dans le meuble !

Éducation religieuse, catéchisme... préjugés terribles !

Tellement ancrés dans l'enfance... Difficiles à remettre en question !

Sauf par hasard... plusieurs séjours dans les hôpitaux psychiatriques par exemple !

Plusieurs séjours... car il y en eut d'autres, malgré la peinture, le succès qui n'allait plus tarder. J'ai fait quatre hôpitaux et plusieurs fois dans chacun.

Le délire vient souvent avec le printemps. Comme ce soir de mai, il devait être neuf heures, j'étais dans l'atelier, au téléphone. Quand j'ai raccroché, j'ai subitement eu l'impression que sur mon bureau tout avait été aligné de manière très précise, j'ai cru à une blague, à un jeu de mon entourage. J'ai regardé par terre, même vision : de la géométrie à haute dose ! J'ai pris une règle, j'ai tracé des traits, des cercles, tout correspondait ! Je me suis dit alors qu'ils avaient dû s'y mettre à plusieurs, j'étais flatté, amusé, j'ai éteint la lumière et fermé l'atelier. À l'extérieur, sur le chemin entre les peupliers, quelqu'un avait même aligné les graviers, c'était beau ! J'étais émerveillé. J'ai levé les yeux vers le ciel, et là, miracle ! toutes les étoiles étaient reliées entre elles par des filets de lumière, comme dans une création de Sol LeWitt, artiste américain célèbre pour ses structures. Seul Dieu pouvait avoir fait tout ça, depuis mon atelier jusqu'au ciel. Le lendemain, j'étais à Sainte-Anne, je racontais au médecin, l'œuvre de Dieu qui ressemblait à celle de Sol LeWitt. *On a les délires de sa culture,* m'a-t-il dit.

Je suis chaque fois le jouet d'une association libre de mes pensées. Le feu rouge qui passe au vert peut me faire suivre une dame en vert. Mitterrand candidat, sur le même trottoir que moi non loin du jardin du Luxembourg, me change en espion, je suis en mission, je marche derrière lui et son équipe, je m'installe comme eux au Petit

Zinc, ils finissent par envoyer deux gorilles me tourner autour quand je suis aux toilettes. Chirac président donnant une réception sous les lambris de l'Élysée pour montrer sa collection personnelle d'art africain à un parterre culturel et international déclenche en moi une communication directe avec l'art nègre, je m'allonge de tout mon long devant chaque masque d'Afrique, les invités japonais sont inquiets, les hommes de la sécurité sur les dents, le chef de l'État imperturbable. Saurait-il, lui, que les palais du pouvoir sont chargés de symboles et d'invisible qui forgent le vocabulaire des fous ?

Ce genre de fantaisies, dont je retiens les saisons, les silhouettes plus que les dates, me conduisent toujours à l'hôpital. De tous, Sainte-Anne est celui que j'aime le moins.

Mon père est souvent venu me voir. Ma mère, non, elle fuyait comme elle l'avait toujours fait, *je ne peux pas ça me fait trop de mal,* disait-elle. Une fois, j'étais abattu, seul, assommé de médicaments, la tête dans les mains sur la longue table du réfectoire, il s'est assis en face de moi. Il me parlait mais je ne répondais pas. Alors il s'est levé, il est venu derrière moi, il m'a murmuré à l'oreille, *pense à tes fils, pense à Guillaume et à Olivier*.

C'était ce qu'il fallait dire. Il savait que la qualité d'une vie se mesure à la distance d'un père à son fils.

VI

J'étais un peintre sans succès, mal remis de deux séjours à l'hôpital psychiatrique, il était le prince filiforme et très emprunté des nuits parisiennes de la fin des années 1970, nous ne dormions pas aux mêmes heures, mais nous avions en commun de nous être échappés, de vouloir naître une seconde fois, comme sûrement beaucoup de ceux qui dansaient chez lui au Palace, 8, rue du Faubourg-Montmartre, bercés de drogue, de musique au milieu de décors que je dessinais.

Il m'avait raconté une enfance sinistre dans le nord de la France, un bel inconnu qui passe dans une voiture décapotable et l'emmène à Paris, où tout commence enfin. Les fées étaient des hommes dans la vie de Fabrice. Il se faisait appeler le prince de la nuit. Les grands soirs, on croisait dans ses murs Warhol, Barthes, Yves Saint Laurent, Mick Jagger, William Burroughs ou Prince... des êtres de lumière ou des stars du show-bizz dont le règne médiatique s'annonçait, tous ignorants des conventions sociales et des pavillons calmes de la banlieue où j'habitais. Leurs grosses voitures s'arrêtaient devant chez Fabrice resté amoureux d'une décapotable qui n'était plus là.

Fabrice Emaer, il s'appelait. F. Emaer comme éphémère.

C'est grâce à lui qu'un jour j'ai pu dire à Élisabeth : *Arrête les chaussures, fais ce qui te plaît maintenant*. Il venait d'acheter le Palace, il rêvait de faire de ce vieux music-hall, classé à cause de sa cage de scène, le haut lieu de la nuit. Il tenait alors le Sept, rue Sainte-Anne, une boîte gay, en vogue, jamais ghetto. Moi, je m'extirpais doucement de la dépression, j'avais réalisé le premier décor de Jean-Michel Ribes qui montait *Jacky Paradis* au Théâtre de la Ville, il me l'avait confié par amitié, pour me sauver la vie.

Fabrice offrait beaucoup d'argent. J'acceptais parce que je n'avais pas le choix. Mais j'avais le pressentiment d'un piège, celui d'une vie subitement facile, préparation de la fête, puis la fête, le champagne qui coule, l'argent qui vient, et j'ai eu peur pour la peinture. C'est d'elle que je voulais un jour obtenir la reconnaissance et aussi de quoi vivre. Je ne voulais pas me faire une identité par les décors, encore moins ceux d'une boîte de nuit. J'étais de l'aventure, elle allait être folle, mais je ne l'assumais pas totalement.

Je le retrouvais à cinq heures du matin. Je m'étais couché tôt la veille, c'était une façon de garder mes distances. Je frappais à la porte de sa loge, une vraie loge d'artiste à la fois bureau, chambre et salle à manger. Dans son smoking fatigué par la nuit, il était en train de discuter de la prochaine fête avec des fournisseurs au téléphone, ou bien enlacé au très musclé chef de rang posé sur ses genoux, tandis qu'en bas, sur la scène, un sublime petit déjeuner avec croissants chauds était servi aux derniers invités.

J'écoutais les désirs et les projets de Fabrice. À dix heures, j'étais au travail dans mon atelier.

Je me partageais entre mes tableaux et les décors du Palace, auquel pourtant je refusais d'offrir mon imaginaire. Je m'inspirais des cartons de la Renaissance, des places vénitiennes, je jouais des trompe-l'œil, des perspectives. De toute façon, le soir venu sur la scène, les lumières dernier cri et les lasers bombardaient le tout. Ça ne me dérangeait pas. Je me cachais derrière les éclairages.

Certains soirs, je restais, je dansais un peu, je partageais les pétards et l'ampoule de poppers que Fabrice me tendait, un solvant qu'on sniffe et qui, l'espace de quelques instants, change la vie en un film aux images saccadées. Je goûtais ce bain effervescent mais je restais au bord. Je connaissais déjà les sensations de l'autre côté, le corps subitement léger, la tête libérée des peurs et du vertige, le délire m'y avait mené, il a les mêmes effets qu'une défonce, il procure de la jouissance puis vous laisse sanglé dans une ambulance psychiatrique. Alors je restais loin de l'alcool, des drogues, de tout ce qui empêche un homme d'être en adéquation avec lui-même. Je n'avais qu'une envie, peindre, et je ne redoutais qu'une chose, la prochaine crise. J'avais besoin d'être solidement arrimé au sol. Ma liberté ne tenait qu'à ma discipline. Et le Palace était une soucoupe volante.

Fabrice avait construit une micro société où régnait un esprit de cour, où chacun s'arrangeait pour trouver sa place. Il n'était pas dupe, il savait tout des penchants humains. Il vivait juste dans l'instant, fragile et fort, déconnant et sérieux. À l'entrée du Palace, la queue était longue, très longue, c'était lui qui faisait la sélection, qui laissait entrer ou pas, au risque de se faire cracher dessus. Il voulait des mondains et des pas mondains, des hommes, des femmes, des gays mais pas seulement. Il y avait là des gens très bien habillés, d'autres aux cols de chemises beaucoup moins nets et c'était important. Sa clientèle était son œuvre.

Tout était fou et très professionnel à la fois. Il lança le projet du Palace-Los Angeles et me suggéra d'aller voir le directeur d'Air France, pour lui demander si l'on pouvait coller des plumes d'autruche sur le Concorde qui emmènerait ses invités à l'inauguration. *Ça ferait un bel effet au décollage*, disait-il. Il y eut aussi le Palace de Cabourg qui ne connut pas le succès escompté. Nous partions alors à quelques-uns dans sa voiture avec chauffeur et nous riions sans cesse, du départ à l'arrivée. Les histoires drôles de pédés fusaient. Ils riaient d'eux-mêmes pour ne pas laisser ça aux autres.

À l'occasion de l'un de ses anniversaires, il m'avait demandé de fabriquer une énorme réplique cartonnée d'un gâteau façon Lenôtre. Le soir venu, il fut apporté sur les épaules de quatre hommes à la musculature saillante. Fabrice, tout excité, voulut monter dessus, alors tout s'effondra ! Fabrice eut les doigts retournés, il était livide. S'ensuivit une étrange mêlée, un peu paniquée, autour de lui. Un homme aux moustaches de chat criait *poussez-vous, je suis médecin !* Quand l'ambulance arriva, Fabrice s'y installa, il était escorté d'un chaton docteur et de deux petits rats de l'opéra, gars musclés portant veste de smoking, tutu et couilles à l'air. Fabrice soudain les regarda et leur dit : *Non, c'est pas possible, on ne peut pas aller à l'hôpital comme ça.* Cette soirée-là, comme tant d'autres, trouva sa place parmi les chroniques nocturnes du journaliste Alain Pacadis dans *Libération*, qui eut cette phrase : *« On saura tout sur Fabrice sauf son âge. »* Il ne le disait pas.

Il avait atteint son but, le Palace était devenu incontournable. Le temps qui passait lui donnait des airs d'institutions. Les concerts y étaient des événements. J'entends encore Serge Gainsbourg réclamer pour le sien un décor que j'avais fait, *je voudrais le truc façon Paul et Virginie au XVIII*[e], il parlait à Fabrice, j'étais là, en retrait, soudain prêt à revendiquer mon travail. Vint la soirée « Votez Mitterrand ». Et puis ce soir, où un homme sortit un couteau, nous révélant une forte présence policière parmi les danseurs : en quelques secondes, nous vîmes dix pistolets pointés sur lui. Le petit ami de la costumière était même commissaire. Fabrice était un joueur de poker, un personnage à paillettes et à plumes qui s'était déjà fait trouer la peau, il savait composer avec les autorités et les représentants de commerce. Les seventies folles et utopiques touchaient à leur fin, les années 1980 se profilaient, plus clinquantes, plus froides aussi. Les dandys désinvoltes et cultivés allaient bientôt ressembler à des clowns tristes.

C'est le cancer qui a tout arrêté. Son docteur n'y est pas allé par quatre chemins, il a dit à Fabrice : *Vous êtes foutu.*

Je me rappelle un dîner chez lui, dans son appartement au dernier étage de la rue de Rivoli, il avait laissé la télé allumée car il voulait voir un reportage sur sa maladie. Nous l'avons tous regardé, à la fin il eut cette phrase : *Même quand je suis chez moi, je suis à la mode !* Il avait l'élégance de ne vouloir accabler personne de son sort. La cuisine et le service étaient faits par ceux du Palace. Ce soir-là, quatre hommes nous servaient, l'un d'eux s'appelait « Short », et chaque passage en cuisine était l'occasion d'une modification, l'un revenait avec une perruque, l'autre avec des seins. Le café nous fut donc servi par des femmes. Ils-Elles partirent avant nous, rejoindre une de ces fêtes où Fabrice, trop faible, n'allait plus. Il leur lança : *Vous êtes ravissantes !*

Il est mort en 1983, il avait quarante-huit ans. Quand son cercueil a quitté l'église Saint-Augustin, tout le monde a applaudi sa sortie de scène. Les larmes coulaient dans le cortège pour le Père-Lachaise, plus fort encore sur les joues de ceux qui n'étaient personne, le disc-jokey, la fille du vestiaire, tous savaient que le Palace mourrait avec son inventeur. Fabrice emportait avec lui un bout de nos vies.

Je regrette aujourd'hui de ne pas avoir profité pleinement de l'espace qu'il m'offrait, d'avoir voulu me protéger des quolibets d'un establishment artistique qui ne s'est de toute façon pas privé de rire de mes décors de boîte de nuit. Fabrice était bien plus curieux, plus généreux et d'avant-garde que ces grands esprits. Je me rappelle de lui à ma première exposition, il disait, *faut pas que je regarde les tableaux de trop près, j'ai les yeux brûlés par les lasers du Palace !* Alain Pacadis, silhouette en équilibre fragile, se chargea d'écrire ma première critique. C'est aujourd'hui, je le sais, d'un grand chic, car la nostalgie ambiante a fait de lui un génie précurseur et rebelle, mais à l'époque il incarnait la décadence aux dents bouffées par l'héroïne, il était mal vu jusque dans son journal. Pour son article, je l'avais entretenu de mille choses compliquées et conceptuelles, assommé d'un discours hermétique, truffé de références, tant j'étais excité. Il avait titré : « *L'artiste qui peint sa femme et son chien.* » Ça m'a beaucoup fait rire et il avait raison pour ma femme.

Fabrice était encore là quand j'ai connu les premiers frémissements du succès. L'une de mes toiles avait voyagé jusqu'à New York et tapé dans l'œil d'un des plus grands marchands d'art, Leo Castelli. Je n'avais plus besoin du Palace pour vivre. Mais Fabrice m'interrogeait, m'écoutait lui raconter mon voyage, mes projets. Au cours de son dernier printemps, nous prenions des petits déjeuners, en bas de chez lui, en face du jardin des Tuileries. *Méfie-toi de l'Amérique, ne quitte pas la France au nom du boulot et du marché de l'art... tu vas t'emmerder là-bas*, disait-il. De *là-bas*, il semblait tout connaître, les derniers *backrooms*, murs à trous pour sexes anonymes dont il me livrait le mode d'emploi, comme toutes les tendances voraces du marché.

Je sais aujourd'hui tout ce que je lui dois, et j'ai compris quelque chose : sur la toile du peintre, le temps s'arrête ; au théâtre, il ne fait que passer, c'est celui des tirades et des comédiens. Fabrice avait fait de moi le décorateur d'un théâtre sans pièce, d'un jeu d'ombres et d'illusions, d'une succession d'instants, qu'il voulait gais comme des coups portés au monde et à ses histoires tristes.

VII

On y verra clair dans quinze ans.

C'est ce que m'a répondu Leo. Nous déjeunions, j'en étais à ma troisième exposition chez lui, Leo Castelli Gallery, New York, USA. L'un des plus grands marchands d'art du siècle. Il avait plus de quatre-vingts ans mais il s'incluait dans le « on », il oubliait de vieillir. Il travaillait tout le temps, aimait passionnément la peinture et les femmes, qui le lui rendaient bien, et son histoire avait tant suivi le cours de l'humanité, les guerres et les poussées de l'art, qu'elle semblait ne jamais devoir s'arrêter.

Il était né Leo Krauss, il avait fui les lois fascistes italiennes dans les années 1930, s'était installé à Paris, puis, quelques années plus tard à New York, là où les nazis ne l'atteindraient pas. Sa galerie d'art moderne sur Lexington Avenue était devenue un point de passage obligé, Leo était un découvreur, il avait exposé les fondateurs de l'abstraction comme Wassily Kandinsky, les Américains tels que Jackson Pollock, Willem de Kooning, et quand vint le pop art, Warhol et les autres, il en fut le plus grand promoteur. On l'appelait le Vieux Lion. Le sourire et la douceur sur son visage se teintaient parfois de faux airs de parrain.

Ce jour-là, nous nous interrogions. Les années 1980 se terminaient, l'art devenait un marché et la peinture un placement plus sûr encore que les pierres précieuses, elle était cotée au même titre que le pétrole. Tout s'emballait. Un artiste dont on n'avait jamais entendu parler faisait irruption aux plus prestigieuses devantures de la culture, puis il disparaissait, le zapping était de mise, le coup recommandé. Avec le pop art et les sérigraphies, l'art s'était rapproché d'un système de production, la pièce unique ne tenait plus la route, il fallait la faire en plusieurs exemplaires, envisager un lancement mondial, espérer couvrir la planète et tous ses hôtels Hilton. L'artiste devait être extraverti. Je sentais bien que ce monde-là n'était pas fait pour moi. Leo était lui aussi d'une autre école, d'une autre époque, il se rappelait que la première exposition chez lui de Warhol ou de de Kooning n'avait pas marché, il savait que le seul luxe de l'artiste c'est la lenteur, mais il était marchand, joueur, prêt à toutes les adaptations et il n'avait de toute façon plus le temps d'être patient. Pourtant, il semblait hésiter…

On y verra clair dans quinze ans.

Lorsque je l'avais rencontré cinq ans auparavant, ses mots étaient plus assurés. Il était venu vers moi, le regard direct, la poignée de main ferme, lors d'une réception à l'ambassade de France. *Je suis Leo Castelli, nous allons travailler ensemble. Je n'ai pas encore vu votre tableau, mais tout le monde en parle. Je sais que beaucoup de gens veulent travailler avec vous, le mieux c'est de leur donner des petites choses.* Il ne demandait rien, il allait directement à la conclusion, il disait nous, comme un roi. J'étais très intimidé. Des années plus tôt, je l'avais aperçu dans une galerie de Saint-Paul-de-Vence, petit homme très élégant, à l'influence et à la réputation immense, mais je n'avais pas osé m'approcher.

Cette fois, j'étais l'un des douze artistes français exposés à New York. J'avais envoyé une grande toile de trois mètres de long, *Adhara*, installée dans une galerie new-yorkaise, Holly Solomon. Cette toile est mon premier et mon plus grand succès. Elle annonce tout : l'ordre et le chaos, le Classique et l'Indien, des empâtements, des glacis à l'ancienne. Elle est truffée de références, de mystères, de fausses pistes. Le Classique tient dans la main un polyèdre, figure géométrique à trois dimensions, joyau de la connaissance. L'Indien est accroupi, il jette des tableaux en l'air qui semblent partir n'importe où mais dessinent le fragment d'une constellation. Adhara, c'est le nom d'un astre de la constellation du Chien. Je suis allé au centre d'astronomie et j'ai demandé un détail du ciel que j'ai ensuite scrupuleusement reproduit. Je suis le seul à le voir sur la toile, ce n'est pas grave, je voulais que mon tableau, comme un texte, déborde d'intentions.

Ce n'est pas un hasard si cette toile m'a ouvert les portes. Elle dit mon rêve, mon choix, l'imbroglio de mes pensées, mon langage des signes, cette idée, à laquelle je tiens, qu'on représente une chose et qu'on en raconte une autre. Celui qui la regarde n'y verra pas forcément tout ce que j'y ai mis, c'est l'intensité qui doit passer.

Et elle est passée. Bien des marchands au cours des ces journées new-yorkaises ont tourné autour d'*Adhara*. Gian Enzo Sperone m'a dit avoir voulu l'acheter avant même de l'avoir vue, tant elle faisait parler le petit monde des galeristes. Il frappa à ma porte à deux heures du matin, j'attendais un Allemand, mais Sperone m'avouera lui avoir pris son rendez-vous. Il savait pourtant que le dernier mot reviendrait au Vieux Lion.

Le lendemain de notre première rencontre à l'ambassade, j'étais chez Leo, luxueux appartement dominant Manhattan où l'on était conduit par une nuée de portiers, de majordomes et de domestiques. L'endroit n'était pas grand, mais couvert de tableaux étonnants. Il affichait son goût et son influence. J'étais son nouveau protégé, tout allait vite, trop peut-être, la sagesse eût été de viser plus petit, Sperone par exemple, mais je n'osais pas le dire. Ou peut-être ne l'ai-je compris qu'après. J'expliquais tout de même à Leo que je peignais lentement, que je faisais d'autres boulots pour vivre. *Il vous faut combien par mois ?* me coupa-t-il, je bafouillais une somme, il fixa mes mensualités et décréta une exposition pour l'année suivante. Il était très excité. Son délai était court, j'aurais dû dire deux ans, mais j'acceptais. Je quittais une boîte de nuit pour un mausolée.

Quelques jours plus tard je marchais avec lui dans le quartier italien, près de Green Street, nous nous sommes assis dans un petit café sombre aux odeurs très fortes, c'est le charme de New York, que d'installer Rome ou la Chine entre ses buildings, Leo s'est mis à parler la langue de son enfance. Il racontait bien sa vie, ses voyages, ses rencontres, la peinture. Il avait acheté mon tableau sans le voir.

Il vint chez moi, à l'occasion d'un passage en France. J'étais tendu. Recevoir Leo Castelli, l'homme qui régnait sur l'art, parlait l'allemand, l'anglais, le français, l'italien, le yiddish, et dominait Manhattan, dans notre maison étroite de Bourg-la-Reine, m'avait plongé dans un état de grande fébrilité. Il arriva, veste rose sur chemise blanche, accompagné de Toiny, que nous appelions Toinon, sa seconde épouse, aux aguets. Elle était française, elle avait été la nurse de son fils, la maîtresse, la raison du divorce de Leo avec Ileana Sonnabend, une galeriste de renom, avec laquelle il avait formé un grand couple du monde de l'art. Elle était trompée à son tour, supportait mal les nuits où il ne rentrait pas et noyait son amertume dans l'alcool. Elle profitait parfois qu'il soit sourd pour dire en sa présence, *il n'en a plus pour longtemps, son pacemaker va lâcher d'un moment à l'autre*. Elle l'aimait en le détestant. Elle est morte avant lui.

Nous avions mis la table sous le catalpa, un arbre qui fournit de grandes feuilles et des fleurs en grappes dont les odeurs sont réputées éloigner les moustiques et les mouches, mais de fruits jamais. Sauf ce jour-là. Au milieu du repas, une chose immonde et juteuse, comme une figue trop mûre, est tombée sur la veste rose de Leo, et nous étions déjà en quête d'un détachant magique, qu'une deuxième atteignait Toiny quelques secondes plus tard. C'étaient les premiers fruits de cet arbre. Les derniers aussi. Il n'en a jamais refait. Nous n'avons ce jour-là pas particulièrement parlé de mes tableaux, je ne l'ennuyais pas avec mes réflexions sur l'art contemporain ni avec mes lectures, mes doutes et mes inspirations, il connaissait le Classique et l'Indien, était bien moins préoccupé de judaïsme que moi. Il s'assurait que les toiles étaient prêtes, les regardaient, laissait sentir ses préférences, pensait déjà à la façon de les accrocher. Le marchand est plus sincère qu'un ami, il parle sans sentiments, il veut vendre.

Ma première exposition eut lieu comme prévu à New York, en 1983. Il était évident que Leo ne me laissait pas le temps de l'ascension, il m'imposait, il avait multiplié mes prix par dix, alors que je n'étais pas encore connu. Je le laissais faire, je souriais crispé, perdu aussi. D'une main de maître, il notait les gens intéressés, organisait dans sa tête une première répartition des toiles, attendait ses collectionneurs favoris, écoutait leurs désirs et finalement décidait. Toutes mes toiles furent vendues, elles partirent vers des fondations américaines, des musées et des fortunes du Canada, d'Australie, de Russie ou d'Allemagne.

Leo guettait aussi fébrilement la presse, il disait : *on va avoir un très bon article dans le* Times, comme s'il s'était assuré de tout, y compris du contenu des journaux. Le lendemain, le journal en main, je le vis déçu, blessé, l'article n'y était pas, il mit trois jours à paraître et il était trop petit à son goût. Un autre artiste, une autre galerie surtout, avait les faveurs de la critique. J'étais frappé de le voir si sensible, si susceptible. Il avait besoin de vérifier que son influence était intacte. Pour un grand mondain comme lui, un soir un peu terne, c'est déjà mourir un peu.

Quatre mois plus tard, il m'obtenait une autre exposition chez Hans Strellow à Düsseldorf. Je lui expliquais que c'était impossible, que je ne pouvais fournir de nouvelles toiles. *Pas de problème*, me dit-il et il envoya là-bas les toiles vendues de New York, en les faisant accrocher avec un point rouge. Je n'ai jamais compris l'intérêt du marchand allemand qui n'avait rien à vendre, il avait dû trouver un arrangement avec Leo, moi en tout cas j'avais l'air d'un artiste qu'on s'arrache.

Le soir du vernissage, j'étais invité à dîner dans les salons d'une des plus grandes familles de la région, les Haenkel, qui avaient fait fortune dans la bière et les avions, le genre de puissance qui n'a eu aucun problème après guerre. Ce soir-là, officiellement, on célébrait l'art, mais il ne fallait pas être bien malin pour comprendre que ce n'était qu'une couverture à un très gros business, il s'agissait de faire se rencontrer la Fondation Peter Stuyvesant et les Haenkel, afin qu'ils parlent ensemble de vrais sujets, comme le monopole des bouts filtres de cigarettes. J'avais mis une cravate. Quand je suis arrivé avec Élisabeth, Mme Haenkel n'a pas caché sa déception : *Mais vous êtes habillé comme un banquier ?!* Ça fichait en l'air son plan de table, toute sa décoration de fête, j'étais l'alibi, la marionnette, la voiture de Fautrier parmi les Rolls dans la cour du Montcel, le peintre qu'on invite pour afficher le grand cœur et le goût sûr des marchands d'avions.

Leo me bombardait partout. Il m'appelait : *Tu vas exposer à Berlin, les deux conservateurs du musée vont venir chez toi*. Et je me retrouvais seul artiste français, invité à la dernière minute, pour cette grande exposition d'art contemporain Zeitgeist (L'Esprit du temps). Les deux commissaires de l'exposition vinrent effectivement chez moi, j'étais pour eux un illustre inconnu, ils repartirent avec quelques toiles. Leo me rappela pour me dire qu'il était content, que mes visiteurs avaient beaucoup aimé ce que je faisais, c'était sa façon de me laisser croire qu'ils avaient choisi, alors qu'il leur avait probablement dicté les toiles à prendre. J'eus ensuite une salle rien qu'à moi dans un imposant palais tout près du mur de Berlin encore debout. Ça n'était pas une garantie pour l'avenir, mais le signe de la puissance Castelli.

Leo me couvait mais il trouvait que je ne peignais pas assez vite. Je ne fournissais pas assez. *On ne peut faire une carrière internationale avec si peu de choses*, me disait-il. Je lui répondais qu'en un seul tableau, *La Ronde de nuit*, Rembrandt avait concentré toutes les prouesses lumineuses de l'œuvre de Vermeer, je voulais dire par là que la quantité ne compte pas. Mais avec ce raisonnement, j'étais mal parti, en tout cas, pas de mon temps. Et au fil des ans, Leo restait très amical, mais il avait modéré ses attentes et son intérêt.

Je ne lui ai jamais rien dit de mes crises de délire, de mes séjours en hôpital psychiatrique et du temps qu'il fallait pour se remettre à peindre, des mois, de très longs mois qui m'ont coûté une part de ma carrière. Il n'a rien su. Rien deviné de mes angoisses si fortes que descendre l'escalier du métro alors qu'une foule en remonte peut me faire croire à une horde de gens qui se lancent contre moi.

Je me cachais dans l'Eure, dans une grande maison que nous avions achetée grâce à lui, au succès qu'il m'avait apporté. J'étais un peu comme notre chat qui, en arrivant là, ne voulut plus sortir du placard. Et je voulais croire ma folie derrière moi. J'avais un abri. Nous avions fait construire un atelier entre les arbres, un vaste et haut bâtiment au fond du parc.

Je passe encore là de longues journées au milieu des couleurs sèches qui s'enchevêtrent, des tubes torturés, des bouquets de pinceaux, des toiles nues que j'enduis de rouge pour en réchauffer le fond, de celles qui s'ébauchent et sur lesquelles j'écris les couleurs au fusain pour ne pas les oublier le lendemain, de celles qu'il faut finir ou bien abandonner, de celles qui vont partir sans que je ne puisse plus rien pour elles. Parfois, j'en interdis l'entrée à Élisabeth pendant quelques mois, car elle aura l'œil que je n'ai plus quand à force de travail le nez sur la toile, je ne vois plus ce que je fais. Parfois viennent les chiens et aussi le mouton du jardin que je chasse en riant.

Le plus important pour moi ne se passe pourtant pas là, mais dans une autre pièce, moins vaste et moins impressionnante au rez-de-chaussée de la maison. Ce n'est qu'un bureau mais c'est là que je dessine, là que se prennent les décisions, là que je stocke les livres les plus importants, ceux qui m'ont éclairé et fait peindre, Dante, la Torah et ses traductions, le Talmud, mon dictionnaire d'hébreu, Cervantès et son *Don Quichotte* où j'ai entendu l'écho de mes questions. Ce chevalier errant, fou de romans de chevalerie totalement démodés, se fiche d'être de son temps, il joue avec son époque, le passé, le présent, le déjà-vu qui pourtant étonne, j'y ai reconnu mon défi à la peinture. Il fuit les archers de l'Inquisition, combat les chimères, les moulins à vent, et aussi son double, faux Don Quichotte qui m'a rappelé mon faux vendeur de meuble. Il cache des vérités profondes derrière la déraison et l'humour, il voit sa Dulcinée là où personne d'autre ne la voit, c'est la puissance du fou, car l'amour est folie. Il est devenu mon allié, il m'a procuré une profonde jouissance. Et lorsque au fil des lectures et des séminaires, on me fit entendre parmi les détails et les personnages une voix de marrane, un Juif niché entre les lignes de Cervantès, je jubilais. Ce chef-d'œuvre de la littérature, par tous commenté et célébré, cachait un autre monde.

Tout cela devait finir en peinture. Je l'ai laissé cheminer en moi et un jour, je m'y suis mis. Je me souviens avoir dit à mon analyste que j'en avais marre de l'élégance et de la bonne peinture, que j'adorerais faire quelque chose de mauvais goût, pas très académique. *Faites de la peinture laide*, m'a-t-il dit. J'avais besoin de nouveaux risques. *Don Quichotte* me mettait doublement en danger, parce qu'il était passé entre d'illustres mains depuis

Daumier jusqu'à Picasso, et parce que j'aimais tant ses personnages, son chevalier à la triste figure, que j'avais envie de les peindre au ras des pâquerettes, en insistant sur leurs expressions, comme le fait la place du Tertre à Montmartre, avec son clown triste. Face à ce totem de la littérature, je n'ai cherché ni la prouesse ni la séduction, mais le dérapage esthétique, l'ironie, le dérangement. Car la peinture n'a rien à voir avec la représentation, elle est là pour autre chose.

J'ai dessiné beaucoup. Dans mes carnets, rien n'est en couleur, mais je les vois. Et j'aime qu'il y ait le plus de temps possible entre un croquis et un tableau, au minimum trois mois. Alors, après l'étude, je traverse le jardin, je deviens un artisan. Quand je peins, c'est comme si mes mains décidaient, j'aime ce moment où il n'y a plus qu'elles, la tête se relâche. Je vis la peinture au premier degré, comme une matière, une chimie, une alchimie. Je ne la fabrique plus maintenant, mais elle reste à mes yeux des pigments et de l'huile sur une palette, elle ne prend son sens que sur la toile, lorsqu'elle donne vie au sujet, à l'histoire que j'ai choisi de raconter.

Quinze ans ont passé. Vingt ans, même.

Leo est mort, il y a dix ans, à New York. Il avait quatre-vingt-douze ans, de nombreux projets encore et une jeune maîtresse qui, comme les autres, attendait de se voir offrir une galerie. Il avait commencé au temps où la rareté des images, la violence de l'Histoire et le génie de Picasso avaient enfanté *Guernica*, il s'en est allé alors que la guerre était toujours là, mais en continu sur nos écrans, presque une habitude. Le mythe de la peinture avait faibli.

L'artiste le mieux vendu aujourd'hui s'appelle Jeff Koons, il a commencé trader à Wall Street, il a su digérer Duchamp et l'objet comme œuvre d'art, Warhol et l'immersion de l'art dans la société de consommation, son atelier a tout d'une entreprise et il n'a aucun complexe à dire qu'il s'intéresse plus aux prix de ses œuvres qu'à ses œuvres elles-mêmes. Il est le gagnant d'une époque faible, soûlée de télévision, d'argent et de performances où le métier d'artiste est très prisé. *« Chômeurs ! devenez artistes contemporains »*, écrit donc Ben. *« L'art c'est l'espace qui existe entre mes doigts de pieds »*, clame-t-il aussi. Mais il faudra toujours des gens qui peignent, sculptent, écrivent loin du système, sans détester le passé, la rigueur et les règles de l'art, sans renoncer à la sincérité et à l'émotion que notre époque éteint ou détourne à force de surenchère.

Les artistes sont aujourd'hui comme les alpinistes une fois l'Everest vaincu. Ils peuvent décider de monter sans cordes ni piolet, à reculons, torse nu, surenchérir toujours sur la performance. Ou au contraire mettre leurs pas dans ceux des maîtres, chercher leurs propres sensations, leurs propres vibrations sur le toit du monde. J'ai opté pour cette dernière voie, j'ai eu la chance de croiser Leo, qui pensait aller plus haut encore. Il avait dit de moi : *Vous verrez que c'est un grand artiste. Moi je ne le verrai pas*. Il a vu l'essentiel de ma carrière. Il fut mon sommet. Je vis encore sur l'élan qu'il m'a donné.

Peut-être ai-je déçu Leo. Je n'ai pas écouté son conseil : *Si tu veux faire carrière, reste à New York, les Américains n'aiment que les Américains.* Et je suis très isolé dans mon pays.

Lors de mon premier vernissage à New York, le directeur du musée du Centre Pompidou, plutôt que de m'ignorer, a fait le déplacement pour dire qu'il n'aimait pas ma peinture et qu'elle ne représentait en rien l'art français. Leo m'avait alors prévenu : *Quand on travaille avec un artiste étranger, il faut qu'il soit soutenu par son pays.* Ça n'a jamais été le cas. Je suis en eaux troubles, difficile à situer et je l'ai toujours assumé, mais avec inquiétude au début.

Je suis sûrement entré par la mauvaise porte, le Palace, repaire à paillettes et champagne, que l'avant-garde artistique méprisait. Ces gens-là s'occupaient de choses sérieuses. J'ai eu le tort ensuite de m'obstiner à faire des empâtements et des glacis, de fouiller les mythes quand il valait mieux fracasser le décor. Je suis à leurs yeux englué dans une peinture épaisse et des livres poussiéreux, coupable d'avoir accepté des commandes officielles. Quand j'ai peint le plafond de l'Élysée à l'invitation de Philippe Starck au début des années 1980, Sperone m'a dit :

– Fais pas l'Élysée, tu vas avoir toutes les foudres contre toi.

– Je les ai déjà, lui ai-je répondu.

Je vis dans un pays aux idées très arrêtées, accroché à son concept d'avant-garde. Je ne peux effectivement pas le représenter, je ne crois plus à ce mot, ni au mot « moderne » ou « original ». C'est devenu une recette, on s'installe dans l'originalité, on est acheté à Beaubourg et on rentre dans la nouvelle académie du XXe siècle, où le discours fait l'œuvre.

L'avant-garde au musée n'est plus une avant-garde ! La provocation n'est plus une provocation si elle est à la mode ! La France entretient pourtant cette idée comme une vieille mariée, parce qu'elle se flatte et se repent en même temps d'avoir abrité et méprisé les impressionnistes, une bande d'Indiens géniaux qui fréquentaient le même quartier, les mêmes cafés et s'échangeaient leurs toiles faute de les vendre. Comme toujours elle campe sur son histoire, et, d'une révolution pleine de sens, cent ans plus tôt, elle a fait un dogme. Tout ça se termine en un circuit où les coteries et la spéculation vont bon train, où l'empire du luxe, avec la connivence de l'État, achète et revend des millions d'euros des œuvres qui ne dérangent personne.

Elle est amusante cette installation très réaliste et très en vogue où le pape est à terre, il a pris un caillou dans la figure. On rigole bien, on se sent libre-penseur et heureux de choquer le fervent catholique. Mais casser la gueule à Jean-Paul II, c'est pour moi une violence acceptable, conforme à la fausse irrévérence du moment. L'œuvre ne touche à aucun fondement, à aucun tabou social, elle flatte nos certitudes.

Si je peins armé des textes qui ont irrigué les siècles, fabriqué la pensée de nos aïeux et conditionné la nôtre à notre insu, si je fais de la peinture à l'huile qui fait si bel effet dans les salons bourgeois, c'est pour regarder en nous, révéler notre culture, notre pensée dominante, notre inconscient. Je veux être un ver dans le fruit.

Je poursuis ma route vers la case départ, concentré sur ce qui me touche, escorté par le Classique et l'Indien sortis d'un rêve prémonitoire, j'ai toujours la même carte, je ne bouge pas, même si ça bouge autour de moi. Je me retire au fond de moi-même, le tableau finit toujours par se faire tout seul. Je peins, débarrassé de l'excitation du succès, je ne redoute que le prochain internement.

Et le démiurge en moi se réjouit quand les couleurs s'organisent, mélangent les figures qui m'encombrent et celles que je me suis choisies. J'ai alors le sentiment d'avoir compris et fait quelque chose de ma vie. Je me lave du passé.

J'ai trouvé au plus profond de moi, de ma honte, des choses que je pense universelles. J'ai démonté les textes et les catéchismes, j'ai voulu briser le moule qui a modelé et rendu passif notre regard, j'ai pris à bras le corps la religion, elle a envahi mes toiles, mes coups de folie qui bien souvent se sont terminés sur des parvis d'église ou de cathédrale. J'aurais pu l'ignorer, rejoindre les athées éclairés de ma génération, mais j'ai voulu prouver qu'elle se trompait, qu'elle avait fait des ravages dans la tête des hommes, à commencer par celle de mon père à qui j'aurais tant voulu parler.

J'ai peut-être fait une œuvre en forme de circonstance atténuante.

VIII

Si je ris, si je parle beaucoup, si j'ai l'air très en forme, si j'écoute de la musique très fort, si je danse, si je fais rire les autres, alors il faut s'inquiéter. Le pire est à venir. Être heureux est dangereux pour moi, être en colère aussi. L'émotion forte m'est interdite. Elle bouscule trop de choses dans ma tête aux pensées et aux souvenirs mal accrochés. Une crise s'annonce. Je la vois venir dans les yeux d'Élisabeth. Elle sait, elle a appris avec le temps. Et j'ai peur de ce qu'elle est en train de prévoir, je lui en veux déjà, je sens bien qu'elle ne m'écoute plus, qu'elle m'observe et se demande s'il est encore temps d'appeler le médecin ou s'il faut directement composer le numéro de la police.

Car bientôt je m'agite, je scrute les gens, leurs regards, leurs mains, j'y vois une quantité d'informations que je suis le seul à décrypter. Je deviens plus agressif, plus provocant, je n'entends plus personne, je suis dans ma coque, je suis invulnérable, il n'y a plus un gramme de peur en moi…

Voilà pourquoi je me rétracte lorsqu'une conversation s'emballe – elle peut me chauffer la tête et avoir de lourdes conséquences dans les jours qui suivent –, pourquoi je ne mets plus de musique trop fort – mon fils Guillaume m'a vu danser d'une manière tribale et malade –, et pourquoi tous les quinze jours je vois le docteur Baylé. Sa première question est toujours la même : *Comment dormez-vous ?*

Je suis fragile 24 heures sur 24. J'ai peur d'être fou. Peur de ces grands accès de fatigue où je devine les assauts d'une dépression étouffée par la chimie, peur de mes gestes de rage quand la contrariété est trop forte.

La dernière fois que je suis parti à l'hôpital, je venais d'être grand-père, je me suis évanoui à la maternité et réveillé à Sainte-Anne. Chambre d'Althusser, philosophe célèbre pour avoir étranglé sa femme. *Tu vois, c'est sur ce lit que dormait Althusser !* ai-je dit à Élisabeth tout en mettant mes mains autour de son cou. *Halte-tu-serres* (ce n'est pas de moi), je trouvais ça drôle, elle pas du tout. Comme toujours je la sadisais.

Derrière la cloison fine de ma chambre, il y avait un jeune type doué en maths, il était très dépressif et sans humour. J'entendais ce que disait son père qui lui rendait visite, la même chose que le mien quand on m'a viré de pension : *De quoi j'ai l'air maintenant ?* Il devait être de bonne famille, il ne parlait que de lui, il enfonçait son fils, il l'assassinait sans témoins, je brûlais d'intervenir. Mieux valait ne pas écouter, s'éloigner, rejoindre le mythomane aux allures de petit maquereau sorti de Pigalle, qui m'apprenait tous les coups du baby-foot dans le couloir. Il me glissait, *si je suis là avec vous, c'est parce que je fais partie de la Mafia, ils ont payé pour qu'on me garde ici.* Il voulait dire qu'il n'y avait là qu'une bande d'intellectuels, un descendant du capitaine Dreyfus, un parent de Camus. Moi j'étais le peintre dans la chambre du philosophe. Quand Guillaume venait me voir, je voulais absolument faire une partie avec lui, je lui répétais tout ce que j'avais appris en tournant frénétiquement autour des footballeurs miniatures. Il me regardait inquiet.

Mais, comme chaque fois, je supportais mal Sainte-Anne, cage de verre sans air ni soleil. J'ai demandé aux infirmiers de m'accompagner sur les marches de l'escalier de secours, je voulais juste un peu d'air et de lumière, ils m'ont fait comprendre que c'était impossible. Je suis parti pour une clinique privée, un bel endroit, un château sur une pelouse où s'affairaient des jardiniers. Un autre Montcel. Le professeur maître des lieux ne voulait pas des cas trop graves, il me testa puis me plaça en cure de sommeil. Trois jours plus tard, j'étais réveillé par des baffes, le délire était terminé. Le médecin me raconta qu'à mon arrivée j'avais dansé avec lui un tango espagnol et qu'il avait hésité à me garder. Je ne m'en souvenais pas. Certains délires sont indélébiles, d'autres pas. Le pire était à venir. Camisole chimique, cocktail neuroleptique, encore une fois…

Je dois fuir la passion puisqu'elle m'égare, mais je ne peux pas. Mes intuitions se changent vite en obsessions qui nourrissent ma peinture et ma folie. Il y a entre elles des frontières communes, que je passe et repasse, j'y laisse chaque fois un peu de ma vieille peau, *Garouste Père et fils*, enseigne en forme de malédiction, je mue, je ne serai pas comme lui. Je peins une ânesse dans la robe des pénitents de l'Inquisition. Sur son dos, je pose *Mein Kampf*, édition originale. L'ânesse monte un chemin, je suis là aussi sur la toile, mais je descends, j'ai trois jambes, trois bras, une canne, je tiens à peine debout, j'ai sur ma tête accablée le commentaire du psaume 56 de saint Augustin, père et docteur de l'Église latine : *« Les Juifs sont des libraires aveugles… Voyez comme ils sont tombés dans l'opprobre : les voilà dispersés au milieu de toutes les nations, incapables de s'établir n'importe où, ne tenant nulle part une place fixe. Il reste encore assez de ces malheureux Juifs pour porter en tous lieux nos livres saints, à leur propre confusion...* » Le discours de la haine commence là. C'est Saint Louis qui le premier imposa aux Juifs le port de signes distinctifs. On me dira que le monde a changé, oui, mais là où il saigne et devient fou, il est un mot qui revient encore et encore : Juif. Notre époque à la mémoire courte veut croire que c'est là l'héritage d'un dérapage du XXe siècle, mais c'est un courant qui remonte à la nuit des temps. Je nage contre ce courant. Je pose saint Augustin et *Mein Kampf* côte à côte sur la toile. Je continue d'apprendre l'hébreu et à tout entendre autrement. Il n'est pas dit dans la Bible : Honore ton père et ta mère, comme on nous l'a si bien appris. La racine du mot hébreu *caved,* qui signifie « honorer », est aussi celle du mot lourd. On peut donc entendre : Considère le poids de ton père et de ta mère dans ton histoire.

Je suis peintre. Et fou, parfois. Un soir où j'allais mal, où Élisabeth me suppliait de la laisser appeler l'ambulance, j'ai demandé à voir Paul Schaeffer, un ami des parents d'Élisabeth. Il était alors âgé de quatre-vingts ans. Il avait sur son bras le matricule des déportés, et nous avions parlé plusieurs fois ensemble de cette trace gravée dans sa chair. Ce soir-là, nous étions à Paris, je voulais absolument qu'il vienne, alors Élisabeth l'a appelé – tout le monde a peur de moi, de ma violence, dans ces moments-là, il en est du délire comme de l'alcool, on peut l'avoir gai ou triste. Il a répondu qu'il arrivait avec sa femme. En l'attendant, je me suis enfermé dans l'atelier avec Guillaume et Olivier, je ne voulais pas voir Élisabeth. Et j'ai dessiné à même la table, Gabrielle, ma famille, je disais à mes fils qu'ils étaient tous fous. Olivier pleurait en m'écoutant, il devait avoir dix-sept ans, il ne voyait qu'un fou, c'était son père, le noyé en train de noyer les autres. Face aux yeux rouges de mon fils, je m'entendais encore dire n'importe quoi, comme si ma conscience résistait vaille que vaille et puis capitulait. Schaeffer enfin est arrivé, je me suis rué sur lui, et devant tout le monde, sans pudeur, sans précaution, j'ai soulevé sa manche, j'y ai vu des signes cabalistiques. Le délire montait, de plus en plus fort, il fallait prendre une décision alors, très sadiquement, j'ai remis mon destin entre les mains de mes fils. Je leur ai demandé de décider, et, s'ils réclamaient mon hospitalisation, de venir avec moi dans l'ambulance pour Sainte-Anne. Ils ont regardé leur mère qui les pressait de ne pas hésiter, même si c'était douloureux, même si tous savaient quel mauvais cycle commençait, recommençait. Et ils l'ont fait, ils m'ont accompagné dans une voiture de police toute sirène hurlante. Camisole chimique, cocktail neuroleptique, encore une fois.

Les psychiatres s'intéressent à mon hérédité. Mon père, homme lisse hors les murs et tyran domestique, était selon eux un psychopathe. Le fils de son frère Jacques est mort des mélanges incessants de médicaments et d'alcool. Et la fille inconnue de Gabrielle, dont j'ai appris depuis peu l'existence, a fini à Sainte-Anne...

Les psychanalystes ont creusé mon enfance fragile, cette pression insupportable et pourtant si peu visible qui me brisait, j'étais dans la lune, je me retirais du monde, j'aurais pu avoir des tendances suicidaires, j'ai dérivé vers les délires. Pas envie de mourir, juste de ne pas vivre.

Moi, j'écoute et j'additionne ce que tous me disent. Je prends chaque jour des comprimés, ils sont comme des taches blanches sur mes couleurs.

Pendant vingt ans, ils contenaient du lithium qui a rongé mes reins. J'ai maintenant le même traitement que les nourrissons épileptiques.

J'ai peint 600 tableaux, ils portent ma signature, mais pas de dates. Rien ne trahit les longs moments passés à ne pas peindre. Sur les toiles terminées, j'écris des lettres et des chiffres, un code secret qui m'amuse et que j'emprunte à un vieux système d'écriture babylonien, ça me permet de les classer et de les situer dans le temps. Ces signes mis bout à bout formeront un jour une phrase de cinquante lettres, que je ne dis pas, elle sonne comme une métaphore de ma vie. Il y a sûrement, derrière ce petit jeu, ce bon vieux fantasme de l'artiste qui veut croire que tout prendra du sens après la mort, qu'il laissera une trace. J'ai d'ailleurs glissé sous certaines toiles, *Adhara* notamment, bien des repentirs, c'est ainsi qu'on appelle les corrections des peintres, elles apparaissent au fil du temps quand la couleur s'use et laisse voir ses premières couches. On peut ainsi découvrir la cinquième patte d'un cheval chez Vélasquez, ou le corps d'une femme sur les genoux d'un homme quitté que Courbet avait finalement peint seul et le cœur en sang. Les repentirs me font penser au lapsus, à l'acte manqué. J'en ai glissé sous les couleurs, autant qu'il y en a dans la vie. Ils apparaîtront quand je ne serai plus là, ainsi je parlerai encore.

Sperone un jour m'a dit : *Vraiment toi ! tu ne veux pas mourir !* La mort pourtant m'inquiète beaucoup moins que la maladie. Une fois, j'ai voulu voir ma tombe. Je devais aller à Dreux chercher une amie à la gare mais j'ai pris la route de Chartres. La voiture qui roulait derrière moi évidemment me suivait, j'ai ralenti, je l'ai laissée me doubler, j'ai vu un chemin à droite, forcément c'était un signe, je l'ai pris, il menait à un cimetière : ma sépulture était là. Je l'ai cherchée, je me suis égaré parmi les noms et les regrets éternels. Pendant quelques secondes, la raison a dû reprendre ses droits, car j'ai regardé autour de moi, je me suis demandé ce que je faisais là, mais l'angoisse m'a alors étreint si fort que j'ai replongé, le délire est un refuge. J'ai repris la voiture, je suis allé à Chartres. Dans la cathédrale, des gens se mariaient, je me suis dirigé vers la chapelle de la Vierge noire, j'ai ramassé les cierges et je les ai brisés devant quelques fidèles. Les gens s'affolaient, la mariée plus encore, la police fut appelée, mais je me suis enfui avant qu'elle n'arrive. J'errais ensuite dans la vieille ville, parmi ce qui avait dû être des petites maisons d'ouvriers au siècle passé, j'ai trouvé par terre un gros marteau, la suite est étrange, mais j'en suis certain : j'ai frappé à la première porte, un homme a ouvert, je lui ai montré le marteau, sans un mot il a disparu un instant, il est revenu avec une fauçille, nous avons levé le bras et dessiné ensemble l'emblème du Parti communiste. Puis il a refermé la porte.

Pendant ce temps-là, Élisabeth pleurait, elle avait compris. Dès le matin, elle avait décelé quelques troubles dans mon comportement et elle avait tenté de m'empêcher de partir seul mais je l'avais doublée. Elle n'avait rien dit aux enfants, longtemps ils n'ont rien su, comment leur expliquer ce que l'on ne comprend pas soi-même ? Mais son inquiétude était telle qu'Olivier partit dans les bois en criant mon nom, il me cherchait, c'était le jour de ses treize ans, il pensa, comme toujours les enfants en plein drame, que c'était sa faute, *c'est peut-être parce que je grandis*. Ils sont restés sans nouvelles de moi pendant huit jours. J'étais à l'hôpital de

Chartres et je n'avais pas donné mon identité. Je m'étais évaporé.

Le réveil fut semblable à tous les autres. Sainte-Anne. Camisole chimique, cocktail neuroleptique. Élisabeth à mon chevet, forte, imperturbable, qui ne change que dans mon regard. Elle est l'ennemie, elle veut me contraindre à la vie. Puis ma conscience revient, elle m'ouvre les bras parce que je craque et j'ai besoin de pleurer.

Dans l'Ancien Testament, souvent, on rencontre les femmes tout près d'un puits. J'aime ce voisinage... Le puits en hébreu s'apparente par sa racine au verbe « interpréter », car la connaissance implique le creusement. Ce n'est pas à moi qu'on apprendra tout ce qu'une femme comprend.

Le corps féminin intervient sur mes toiles sans érotisme, mes fantasmes d'homme n'atteignent pas ma peinture, trop préoccupée des textes et des contrevérités. Je peins contre les dogmes qui célèbrent la vierge, la mère, et méprisent la femme. Leurs mensonges conduisent tout droit à ceux de ma mère, qui souffrait en silence et en cachette une fois par mois dans sa chambre. *Ça va ?* je lui demandais, affolé depuis le couloir, parce que j'avais découvert un tas de serviettes sanguinolentes dans le bidet. *Oui, oui, ça va, je saigne du nez, c'est tout,* me répondait-elle de loin. Tout était tabou. Je ne savais rien du sang des femmes, je l'associais à la violence de mon père, comme les bruits de l'amour depuis leur chambre collée à la mienne. Je ne les supportais pas, il m'a fallu l'analyse pour mettre bon ordre à tout ça.

J'ai peint *Dina, Genèse 34*, 2 et 3, en empruntant à l'histoire de Rebecca : *« Cette jeune fille était extrêmement belle, vierge, et aucun homme ne l'avait connue »,* dit la Genèse. Étrange fin de phrase, qui semble vouloir préciser qu'une femme peut être vierge et avoir connu un homme. Commentaire et explication du rabbin Rachi à la fin du XIe siècle : *« Vierge de l'endroit de sa virginité et aucun homme ne l'avait connue même par des rapports non naturels parce que les filles de tous les peuples faisaient attention à l'endroit de leur virginité mais agissait sans pudeur d'un autre endroit. Le texte atteste donc que celle-ci était parfaitement pure. »* Cette phrase, écrite il y a mille ans ! par un rabbin ! semble bien subversive à nos yeux, nos oreilles, nos corps où pendant des siècles ont coulé, tel du plomb, les dogmes de la religion. L'Église ne sait rien de la pureté des femmes, elle redoute simplement le pouvoir et les attraits de ces donneuses de vie. Dina, je l'ai peinte nue, elle est jolie, sa peau est lisse, ses formes belles, mais je l'ai voulue désarticulée, avec deux sexes, deux anus. Allez savoir, avec tous ces trous, si elle est vraiment vierge !

Je suis peintre parce que mes mains ont fait ma force, parce que des toiles puissantes et belles m'ont convaincu qu'il y avait là une voie pour moi. Mais je me méfie de la beauté, c'est du bluff, une manipulation qui peut laisser totalement passif celui qui le regarde. Je préfère lui suggérer une question…

Le fou parle tout seul, il voit des signes et des choses que les autres ne voient pas.

Je veux peindre ce qu'on ne dit pas.

Et si le fou dérange, je veux que le peintre dérape.

IX

La petite maison serait pour lui, c'était une évidence, il serait le gardien de chez nous, le gardien de ce bout de Normandie que le succès m'offrait en haut d'un chemin parmi les arbres, il serait le gardien de mes souvenirs, car c'est toujours une défaite d'oublier, et toutes les galeries de Manhattan n'effaceraient jamais la Bourgogne de mon enfance.

Il était arrivé à Soussey avec ses deux frères, ils avaient été trouvés seuls, la nuit, dans les rues de Dijon en train de fouiller les poubelles pour manger, comme des rats. Ils furent placés chez des voisins de Casso et Éléo. Lui avait sept ans, j'en avais dix-huit, il venait vers moi, il aimait me parler. J'étais plus grand et je n'étais que de passage, il devait me croire fort et chanceux. J'aimais sûrement ce reflet de moi dans ses yeux. Plus tard, alors que j'étais étudiant aux Beaux-Arts, j'avais monté là-bas un petit atelier dans une grange, il passait toujours me voir, il avait treize ans, il n'avait jamais revu ses parents, l'Assistance ne voulait pas, et le simple mot « maman » le faisait encore pleurer.

Le nom de Christian fut comme une réaction chimique en moi, lorsque je me suis installé à la campagne. Il serait le gardien de notre maison. Je savais qu'il tournait mal, j'ai toujours pris des nouvelles de Soussey, comme un enfant du pays. Il m'a donc fallu le retrouver. J'ai cherché sa trace, demandé aux gens du village ce qu'il était devenu. Il était en prison à Montbard, il avait fait un casse dans un magasin de chaînes hi-fi. Son ancienne famille d'accueil me dit qu'il rêvait pourtant d'être berger. J'ai pris contact avec son avocat qui m'a conseillé d'écrire au juge en lui expliquant que j'étais prêt à offrir du travail à Christian. Ce que je fis.

Quelques semaines plus tard, Christian arrivait. Le petit garçon auquel je n'avais jamais cessé de penser s'était changé en colosse, une brute adorable, fière des traces de dents sur ses poings, qui rêvait moins de compter les moutons que d'épater les « meufs ».

Il s'est installé dans la petite maison, à côté de mon atelier, et très vite il est devenu le chef de file des loubards de la région. Il allait de bar en bar, y entrait tel le cow-boy en chef du canton, il ramenait du monde chez lui, donc chez nous. Il avait un petit chien, un chihuahua qu'il gardait contre lui à l'intérieur de sa veste. Il était évidemment un héros pour mes fils, Olivier dessinait des tatouages au stylo Bic sur ses avant-bras et glissait une peluche dans son manteau dont il retroussait aussi les manches.

Les policiers vinrent me voir : *Vous savez que tous les gars louches de la région sont chez vous. Nous, on n'a rien contre, comme ça on sait où ils sont, et y a peu de chance qu'ils vous cambriolent*. J'avais des frictions avec lui, c'était comme un amour conflictuel entre nous, il me considérait comme un père et en même temps il voulait se battre avec moi, il me provoquait, il attendait beaucoup de moi. J'étais peut-être son gardien.

Un jour, deux jeunes filles ont disparu dans le village d'à côté. La police est arrivée alors que nous

nous apprêtions à partir pour New York en laissant la maison à Christian. Elle nous a interrogés, nous ne savions rien, Christian a répondu à leurs questions et nous sommes partis. Mais dans le village, le soupçon montait contre Christian, sa réputation était faite, et très vite l'idée circula que nous avions fui, que les filles étaient peut-être retenues chez nous dans une cave. Les gens exigèrent une fouille de notre maison, la police refusa et expliqua qu'elle n'avait aucun indice la justifiant. Alors une quinzaine d'hommes du village, dont le curé, prirent des gourdins et décidèrent d'une descente nocturne. Christian, pas du genre à composer le numéro des secours, prit sa carabine et tira dans le tas, heureusement sans blesser personne. La bande d'intrus détala en promettant de revenir, *je vous attends*, a dit notre cow-boy. Nous, nous étions à New York en pleine mondanité culturelle tandis qu'un western se jouait dans notre jardin. Le lendemain, les deux jeunes filles furent retrouvées à Rouen, elles avaient fugué. Et quand nous rentrâmes huit jours plus tard, la police vint nous raconter ce qui s'était passé, et nous suggérer de porter plainte.

– Contre qui ?

– On a les noms !

– Très bien, allons-y, portons plainte contre ces gens !

– Il y a juste un petit problème, c'est que vous portez aussi plainte contre le curé du village

– Ce n'est pas un problème. Je porte plainte contre tous ceux qui sont rentrés chez moi.

Clochemerle fut en émoi. La vice-présidente du conseil général me téléphona et me supplia de ne pas porter plainte contre le curé, je lui répondis que je retirerais toutes mes plaintes si tous signaient une lettre d'excuse, pas à moi, mais à Christian. Ils le firent, curé compris.

Mais je le vis pourtant arriver un matin chez nous, contrit et bafouillant dans sa soutane, me demandant de ne pas renvoyer Christian. Je ne comprenais pas bien puisque je ne l'avais jamais envisagé. Vint ensuite la police qui me demanda si je gardais Christian, *ben oui,* ai-je dit. Très ennuyés, ils me demandèrent si je savais ce qu'était du « shit », et m'expliquèrent que Christian faisait pousser du cannabis dans notre potager. Ils ajoutèrent aussitôt qu'il avait suffisamment souffert dans la vie et qu'ils n'allaient pas l'embêter avec ça.

C'était le monde à l'envers : un curé armé d'un gourdin avait pénétré chez moi avec d'autres brutes, ils avaient alors repéré les cultures interdites de Christian et parlé à la police pour l'enfoncer. Le curé, pris de remords quand il avait compris que Christian n'avait ni séquestré ni violé les deux jeunes filles, était venu chez moi chercher son absolution, puis la police m'expliquer que la culture de cannabis n'était pas grave ! Fin du feuilleton.

Ce qui menaçait Christian était en lui. Un jour, il vint me voir en pleurs : *Faut que je me tire, ici, ça va pas, je vais finir par faire des conneries.* Je lui ai dit qu'il s'en allait quand il voulait, que j'allais lui faire un dernier chèque, *avec cet argent pars le plus loin possible, à l'étranger, ne retourne pas à Montbard.* Cela faisait trois ans qu'il était chez nous. Il est retourné à Montbard. Un mois après, il était en prison. De là, il m'a écrit qu'il allait bien, qu'il était heureux comme ça. Il avait sûrement besoin d'un cadre, d'une pression forte sur lui, il avait probablement attendu de moi une trempe que j'avais été incapable de lui donner. Il restait à mes yeux l'enfant de Soussey, mon refuge, sa punition.

Il est mort maintenant. Je l'avais entendu dire, mais je n'avais pas voulu y croire. Olivier, mon fils, est passé à Soussey. Christian est enterré là-bas, sa famille d'accueil a fait ce qu'il fallait. Il est mort d'une overdose, il se défonçait avec n'importe quoi. Il laisse à son tour deux enfants.

Un soir d'hiver, il y a vingt ans maintenant, l'adjointe au maire est venue me chercher. Une famille mourait de froid dans une gare désaffectée. Elle avait peur qu'ils ne passent pas la nuit. Je l'ai accompagnée, c'était juste en bas de la route qui mène chez nous. J'ai vu des misérables, des enfants grelottants serrés les uns contre les autres, l'adjointe m'a raconté le suicide du père devant son fils, la mère alcoolique, ramassant parfois des hommes dont l'un avait violé sa fille. Le vent entrait par les carreaux cassés. Je suis sorti en colère contre l'éducateur qui avait laissé là ces gens, j'ai demandé à le rencontrer, et le lendemain je l'ai engueulé. Il m'a laissé parler puis il a dit : *Des familles comme celle-là j'en ai une vingtaine. Venez avec moi, je vous prends comme assistant !* J'ai dit d'accord et j'ai passé une journée avec lui.

J'ai vu des enfants réfugiés dans un arbre et leur père qui leur lançait des pierres. J'ai vu un pavillon où l'on entrait en enjambant les toilettes, les murs étaient couverts de graffitis obscènes, le père coupait du bois dans le salon, la femme, la maîtresse, la grand-mère étaient assises les unes à côté des autres, et, dans la pièce d'à côté, quatre enfants dans un lit regardaient la télé. À un moment, la mère a appelé l'un de ses fils, il a bondi dans des bottes pleines de boues, il a traversé la pièce, enjambé les toilettes, puis il est retourné dans la chambre, s'est remis dans le lit avec ses bottes et a tiré les couvertures sur lui. Personne ne lui avait jamais dit qu'on ne se met pas au lit avec ses bottes. Tous semblaient vivre là, sans repères, ignorants du monde qui n'entrait chez eux que par le bruit de la télé et l'aide sociale.

Au cours de cette journée, je n'ai pas entendu un enfant pleurer ni gémir. Leur silence me rappelait Soussey, ils ne parlaient pas les enfants placés là-bas, ils ne disaient rien à personne, ils ne mangeaient parfois pas aussi bien que les enfants de leur famille d'accueil, mais ils se recroquevillaient quand passait l'éducateur qui vérifiait s'ils étaient bien traités. Ils avaient peur de lui, de tout le monde. Je sais que Christian n'a pas souvent montré ses larmes, comme il l'avait fait avec moi.

Je devais faire quelque chose, le mot devoir est énorme, mais je n'en connais pas de plus juste. C'est quand on sait nager qu'on peut sauver l'autre de la noyade, j'avais appris, je n'étais plus à la merci de la vie, peut-être juste de la folie. J'ai pensé monter une association, sortir ces enfants de chez eux, quelques heures, quelques jours pendant les vacances scolaires, leur montrer ce qui beau, et surtout leur dire que ça pouvait avoir un rapport avec eux. Je sais que l'art ne peut sauver le monde, mais je sais qu'il contamine les désirs et éveille l'amour propre. Je réalisais alors la carte de vœu du Premier ministre, Michel Rocard, j'ai profité d'un passage à Matignon pour parler de mon projet, un conseiller nous a aidés au montage juridique de l'association. Elle s'appelle La Source, c'est le bruit de l'eau à la campagne, la musique des mots anciens que j'aime lire, c'est là que tout commence. Elle a vingt ans maintenant, des locaux, une équipe, des projets, toujours plus d'enfants, venus de la campagne mais aussi des banlieues aux portes des grandes villes. Chaque année, parallèlement aux ateliers menés par de jeunes artistes, un invité d'honneur, peintre, sculpteur, cuisinier, architecte, paysagiste, comédien ou photographe, insuffle sa tendance, sa personnalité, sa voix, dirige un ou plusieurs ateliers, prête des œuvres personnelles.

Je me rappelle le lancement de La Source, nous avions organisé un grand dîner dans notre jardin de Normandie, nous avions invité les gens du village, des artistes, des élus, des enfants. Quelques jours avant, je racontais le projet à mon père, il m'avait écouté et posé beaucoup de questions sur les préparatifs de la journée. Et puis il avait eu cette phrase, pour moi son seul aveu. *C'est dommage que je haïsse l'humanité parce que sinon je serais bien venu.*

X

Il y a peu de temps, alors que je déplaçais des dossiers à trier, l'un d'eux est tombé. Pourquoi celui-là plutôt qu'un autre ? Il contenait des morceaux de papiers ramassés chez mon père mort, des moitiés d'enveloppes avec cachet de la Poste, transformées en pense-bête. Une fois son courrier ouvert, les factures et les petites affaires administratives réglées, il ne lui restait pas grand-chose pour meubler ses journées, alors il ressassait, il notait des phrases lues, entendues, ou juste ce qui lui passait par la tête. Il voulait écrire un testament qu'il adresserait à mes enfants. Il n'en a pas eu le temps. Il ne l'aurait peut-être jamais fait.

Je lis.

Au dos d'un « relevé du portefeuille Select gestion » de la Société générale : *Guillaume Olivier. À lire quand je ne serai plus sur cette terre. J'ai longtemps hésité, mais vous devez prendre connaissance de ce message pour l'honneur des Garouste (avant que votre nom soit précédé de celui de la femme de Gérard).*

Sur une enveloppe : *1939 : Accords de Munich scandaleux. Maintenant la gauche donnera le droit de vote aux étrangers (musulmans). Accord Irak-Lybie-Égypte, que deviendront les Juifs ?*

Autre enveloppe, autres fragments : *Pas de nouvelles du notaire. 1939-1940 nombre de morts... Pétain-spoliation des Juifs. Espagne : Franco-Blum-aviation de chasse. Un écrivain : si l'automne n'existait pas.*

Une coupure de presse, elle date du procès Papon, on ne voit pas le titre du journal, ça pue l'extrême droite : *« Il faudrait pouvoir expliquer ce qu'une grande partie du peuple reprochait aux Juifs, aux francs-maçons qui nous avaient poussés dans la guerre, aux communistes, au Front populaire et à sa loi des 40 heures alors qu'il eût fallu travailler plus... Les racistes juifs et leurs amis ont gagné la Seconde Guerre mondiale grâce aux machines américaines et aux poitrines soviétiques.* »

Un Post-it jaune : *Gérard en bonne santé jusqu'au jour où il a rencontré votre mère (après le Montcel) école Florian.*

Sur un bon de livraison du *Figaro* qui offrait à ses lecteurs l'intégrale des grands compositeurs classiques en échange d'un abonnement. Il évoque la fin de ma mère, morte chez nous : *Voulez-vous demander à vos chers parents s'ils auraient pris affectueusement Edmée sans le montant de la pension, 3 000 francs et remboursement à 100 % des frais médicaux. Un jour, votre père m'a téléphoné, il était à Tours. Un coup de téléphone sans raison peut-être pour me dire bonjour ! Ce jour ma patience a éclaté je les ai traités d'avares ! de cupides ! etc. ! etc. ! et puis Merde et depuis ce jour j'ai compris que je n'ai plus de fils.*

Sur un petit rectangle de papier blanc, qui cette fois m'est destiné : *Pauvre type ! si ta mère avait écouté tes conseils de divorce, où serais-tu ? Et moi ma vie aurait été plus heureuse.*

Sur la moitié d'enveloppe de son assurance santé. Des phrases sans liens. *Avoir peur des mots. 54e anniversaire de l'État hébreu. Le martyre des Juifs pour l'opinion les a rendu intouchables.*

Comme tous les faibles, toute discussion dégénère en colère et altercation. On dirait un autoportrait. Mais c'est encore de moi qu'il parle.

Sur une feuille plus grande : *Devant l'injustice morale de vos parents (surtout de votre mère) voilà ma décision : j'ai la possibilité de mettre la totalité de mon patrimoine en viager (au profit de Médecins sans frontières et Médecins du monde) ou votre père abandonne sa part de succession à votre profit.*

J'ai la nausée. Pas de haine. J'ai préféré comprendre comment s'est construite la sienne. Il n'est plus qu'un vieillard qui rabâche, qui n'en peut plus, qui se justifie encore de n'avoir pas brillé une seule fois dans sa vie. Il m'aimait. Mais il fut incapable d'un aveu, d'un regret, même pour moi, même pour ses petits-fils, même au moment de mourir.

J'ai aussi un sentiment de victoire. Je reste son fils mais j'ai quitté pour toujours son monde et ses illusions. Ma vie a été une recherche d'erreurs, les siennes, les miennes, j'ai démonté mot à mot, image par image, cette grande duperie que fut mon éducation. Ç'a été très long. Je sais que mes fils n'ont vu de moi qu'un père qui se cherchait. Je ne leur ai transmis que des questions.

Un jour Yakov, mon professeur d'hébreu, a vu partir l'une de ses plus anciennes élèves, elle lui a dit, *j'arrête*, il a demandé pourquoi, *parce que sinon je vais passer de l'autre côté.* Suis-je moi passé de l'autre côté ? Mes amis le disent en rigolant. J'ai introduit le Shabbat chez nous, une grande fête familiale, un long repas symbolique qui met en valeur les enfants, nous célébrons Pessah, la Pâque juive, et pour Kippour, examen de conscience chez les Juifs, je vais à la synagogue, on y lit la prophétie de Jonas, c'est l'occasion d'entendre des commentaires très érudits pas forcément religieux. Élisabeth sourit, et fatigue aussi parfois, de me voir et m'entendre toujours fouiller les textes, mais elle n'est pas mécontente que soient entrées chez nous les étincelles de la pensée juive et pas seulement le souvenir écrasant du drame avec lequel elle a grandi.

Je me suis engouffré dans un texte qui fait la part belle aux doutes et donc écho aux miens. Il m'a tenu chaud alors que j'avais froid, j'avais perdu confiance en tout ce qu'on m'avait appris, j'étais nu, un vieil enfant de chœur abusé et je me sentais un ignorant. Je ne pouvais avancer qu'en reculant, qu'en allant vers mes préjugés, c'est difficile d'en sortir, et plus terrible encore de savoir qu'il en reste toujours, malgré soi.

Qu'on ne me demande pas si je suis encore athée, c'est une question de catholique qui oblige à se situer par rapport à la foi. Je me fous de l'existence de Dieu, appelons le x et raisonnons sur nous-mêmes. J'ai besoin d'une réflexion sur l'être et la connaissance, j'y vois comme une architecture de la pensée. Si les révolutions ont échoué, c'est je crois parce qu'elles n'offraient pas d'ouverture métaphysique, elles plaquaient trop de certitudes sur l'origine de l'homme et son destin. La Kabbale explique que Dieu se retire du monde après l'avoir créé, ça me va, je préfère Dieu parti, laissant les hommes libres et responsables, que le Dieu dont il faut attendre la grâce.

Un jour, je suis allé voir un rabbin. Je lui ai dit mon

histoire, mon lien à la Torah, et je lui ai demandé si je devais devenir israélite.

– Revenez me voir dans quinze jours, m'a-t-il dit.

Je suis revenu.

– Je ne vois pas l'intérêt que vous vous convertissiez. Vous auriez pu en avoir besoin par rapport aux autres, vos enfants s'ils avaient été plus jeunes, mais ils sont adultes maintenant. Vous n'avez pas besoin de preuve de ce que vous êtes.

Sa réponse était exactement telle que je la souhaitais. S'il m'avait dit, *convertissez-vous,* quelle différence restait-il d'une religion à une autre, plus aucune, un même cri de ralliement,

« Hors de l'Église point de salut. »

J'ai en tout cas trahi ma culture. Il le fallait.

Après ma dernière exposition, je n'ai pas seulement retrouvé la trace de Gabrielle. Une autre personne m'a appelé, elle m'avait entendu parler du sous-main posé sur mon bureau, ce butin de mon père que je veux rendre. Elle est une arrière-petite-fille de Wolf Levitan.

Nous nous sommes vus dans un café à Paris, nous

nous sommes embrassés sans bien nous connaître, nous parlions vite et beaucoup comme si nous avions énormément de choses à nous dire, nous portions chacun un bout d'une même histoire, j'étais du mauvais côté. Je lui ai dit de venir à la maison, elle déjeunerait avec nous dehors un jour où il fait beau et elle repartirait en fin de journée avec le sous-main. Il est sur mon bureau, son cuir est usé, il semble toujours avoir été là. Il est parmi ce à quoi je tiens, empreintes importantes d'une vie, une photo noir et blanc, d'Élisabeth, les enfants et moi, un été, il y a des années. Et ce dessin de l'hiver que je fis, enfant avec ce professeur que mon père fit venir à la maison.

Elle m'a écrit récemment pour prendre de mes nouvelles, mais elle ne dit rien dans sa lettre d'une future visite et de ce que je lui dois. Elle n'a d'ailleurs jamais dit qu'elle le voulait, et je ne voudrais pas l'encombrer de ma dette. Si elle n'en veut pas, je comprendrai, le sous-main me restera sur les bras. Je deviendrai le gardien de cet objet qui ne m'appartient pas mais dont je suis responsable. Si elle repart avec, c'est mieux. J'aurai réparé.

Je me crois enfin débarrassé d'une vieille peau, d'une croûte qu'on gratte enfant jusqu'au sang. Ma tête s'est ouverte, elle s'est vidée d'un noir mirage, par la peinture et ici avec les mots.

J'ai entretenu sur ma toile un monde terrible et ancien, j'ai envie de passer à autre chose, d'aller vers une peinture plus gaie, j'aimerais désormais toucher les enfants de mes amis, m'autoriser plus de légèreté. Je sens que ça vient. Je ne suis pas un artiste aux abois mais un homme qui s'amuse et fait parfois des portraits de commande. J'ai peint récemment Nour, jeune fille libanaise de dix-huit ans, j'ai pris un malin plaisir à ses baskets, leur marque, le moindre détail, tout juste si on ne voit pas sa pointure. Je me suis attardé sur une modernité que je ne voulais jusqu'alors pas rencontrer, je la trouve toujours aussi fugitive, transitoire, mais je regarde autour de moi.

La peinture est mon instrument. Si j'avais été musicien, j'aurais joué du violon pour le grincement du passé, la mélancolie, la symphonie et la danse qu'il transporte en lui. C'est étrange comme souvent les toiles que j'ai tentées et jamais achevées correspondent à des choses belles de ma vie, la tante Éléo, l'oncle Casso sur le chemin du calvaire avec le curé, ce ciel divinement organisé entraperçu un soir de printemps et de délire. Ma peinture n'atteignait pas la beauté de ces personnages et de ces instants, elle était trop pleine de mon envie d'en découdre.

C'est terminé.

Épilogue

L'Intranquille a été publié il y a treize ans déjà. Je crois savoir qu'il a aidé beaucoup de gens à comprendre ma peinture, qu'il a fini en pile sur le bureau d'un psychiatre qui le distribue à ses patients. Ce livre bouclait une première étape d'introspection. Je n'avais plus peur de moi. Pour en arriver là, il avait fallu bien des heures d'analyse. Des heures d'étude aussi, à apprendre l'hébreu, plongé dans l'Ancien Testament puis le Talmud, à défaire les contrevérités de mon enfance, sans plus jamais chercher une quelconque vérité. J'ai ainsi appris à faire confiance à mon ignorance, à assumer mes doutes. Mais le titre de ce livre me va bien encore.

Je reste angoissé, c'est ma nature profonde. Je peux, certains jours, me trouver des raisons, mais ce ne sont que des alibis. Je suis un Intranquille. C'est chimique.

Selon le Talmud, la vie repose sur trois piliers : l'étude, la générosité, le travail. J'ajouterais, pour avoir bien connu les magasins de meubles, qu'un trépied présente moins de risque d'être bancal qu'une table à quatre coins. J'ai poursuivi l'étude du judaïsme puisqu'elle m'a sauvé. L'analyse de la Torah, du Talmud et ses fables m'ont entraîné plus loin, vers la Kabbale. Au professeur Yakov, au philosophe Marc Alain Ouaknin, a succédé parmi mes maîtres, Pierre Henry Salfati. Avec lui, j'ai appris que le premier mot de la Bible, *Berechit*, ne veut pas dire « Au commencement », qu'il n'y a pas de commencement, pas l'ombre de ce grand début qui pèse sur nos têtes depuis la nuit des temps, ce mot ne veut rien dire. C'est en cela que l'étude est passionnante, elle a son rituel, sa méthode, ses maîtres, mais c'est pour tout casser, pour plus de liberté, pour rendre au texte hébraïque ce que le monde des hommes lui a volé, pour rétablir la folie du langage et s'égarer. Lorsque je me penche sur ce passage du Talmud, où le père dit au fils *« Si par un hasard de rencontre, un nid d'oiseau, devant toi en chemin ; dans tout arbre ou sur la terre, des oisillons, ou des œufs et la mère sur les enfants. Tu renverras la mère, et les enfants tu les prendras. Afin qu'il te soit fait du bien, et tu prolongeras les jours. »* Je me demande pourquoi cette récompense ? Et qu'est-ce qu'être en chemin ? Une multitude de questions me vient. C'est un véritable parcours poétique et philosophique. Et si je vois ce nid depuis la rivière ? Souvent je me dis que j'ai la chance d'être totalement fou. Ça me permet de jouer. Car pour moi, c'est devenu un jeu. Lire et délire sont enfin liés. Les mots ne sont que des signes, à nous de les disséquer, de les hacher menus, chaque lettre, l'une après l'autre, car chacune d'elle est une piste, un message, une énigme qu'il faut interpréter dans l'intimité de sa tête.

Encore une fois, Dieu n'est pas le sujet, à chacun de décider s'il est athée ou croyant. Salfati a coutume de dire que si c'est Dieu qui a écrit la Torah, c'est un miracle, mais que si ce sont des hommes, c'est un « super miracle ». J'ajouterais qu'à chaque fois que j'ai rencontré Dieu, j'ai fini en hôpital psychiatrique.

Je n'ai plus été interné depuis la parution de *L'Intranquille*. Peut-être, ai-je failli deux ou trois fois, mais j'ai tant d'expérience que je l'ai senti venir, et j'ai prévenu Élisabeth avant que ne survienne ce moment fatidique où je me retourne contre elle, car je n'ai subitement plus confiance. En revanche, j'ai fini par me convertir au judaïsme.

Le rabbin Fari m'avait dit que c'était inutile, vu l'âge de mes enfants, mais c'était sans compter mes petits-enfants. Il y a douze ans, mon fils Olivier et sa compagne Noémie m'annoncent qu'ils vont avoir un fils, qu'il sera juif par sa mère, mais aussi par la Brit Milah, la circoncision. Alors j'ai pensé à ce dicton qui dit qu'on est juif par ses petits-enfants. Si mon petit-fils était juif, je devais l'être aussi. J'en ai parlé à Élisabeth, elle n'a surtout pas voulu s'en mêler, cette décision, je devais la prendre seul. Et je me suis converti pour suivre mon petit-fils, circoncision comprise. J'ai choisi de m'appeler Abraham. Tout converti porte pourtant déjà dans son nom, la marque du fils d'Abraham. Lorsque je monte à l'autel de la synagogue pour lire un passage de la Torah, je suis Abraham Ben Abraham Ben Sarah. Deux fois Abraham, au cas où quelqu'un douterait encore que je suis désormais l'un de ses fils.

J'ai ensuite épousé religieusement Élisabeth, quarante-cinq ans après notre mariage civil, sous l'œil de nos familles aussi éloignées que deux planètes. La mienne, j'en parle de moins en moins. La sienne l'avait prévenue que dans le meuble, soit on est juif, soit on est antisémite. Lorsqu'ils se sont éteints, elle a rassemblé tout son monde dans un bel album photo, ses parents, ses grands-parents, et tous ceux qu'elle n'a jamais connus, oncles et tantes de Riga et de Pologne, morts dans les camps d'extermination. À tous, elle peut promettre par-delà le temps, la vie, la mort, qu'elle n'a pas épousé un antisémite.

Revenons au trépied du Talmud.

Après l'étude, vient la générosité. Chez nous, c'est La Source. L'association a grandi, il y a désormais dix antennes, dix Sources en France, et chaque fois plus d'enfants mis au contact de l'art et d'eux-mêmes. C'est une histoire magnifique que nous partageons Élisabeth et moi avec les artistes, les éducateurs et tous ces enfants. Je me rappelle du tout premier atelier que j'ai animé, il y a trente ans, avec une quinzaine de gamins d'ici, je les avais emmenés dans les profondeurs des décors du théâtre du Châtelet, nous avions ensuite travaillé à des maquettes. Il y avait parmi eux une petite fille extrêmement timide, j'ai appris que par la suite, elle avait fait une école d'architecture intérieure, qu'elle avait baptisé son chef d'œuvre de fin d'étude, « La Source idéale ». Cela dit, il est temps que je passe le relais. Je viens d'avoir 76 ans, il faut un autre président, ou une autre structure, tout peut se reconstruire autrement, comme dans l'étude.

Dernier de mes piliers, la peinture. Si je n'ai pas commencé par elle, c'est parce que tout ce qui m'intéresse quand je peins, c'est l'intimité de ce que je fais, ce qui se passe dans l'atelier, loin du monde et du marché de l'art, des nominations, des modes, des critiques qui ne m'ont jamais ménagé, même si ça s'arrange un peu. Jeune, j'avais l'impression d'être hors circuit. J'ai confiance désormais. Je ne parle pas de réussite, ce n'est pas mon problème, mais je suis sur la bonne voie, le temps m'a rassuré, il a conforté mes choix. Par la peinture, je raconte ce que l'étude m'a appris. Par elle, mon angoisse devient constructive. Par elle, La Source peut vivre. À tel point qu'un drôle de mot me vient, étrange dans ma bouche, paradoxal dans ce livre : tranquillité. Disons tranquillité du peintre, pas de l'homme. Mais à mon âge, on est comme l'arbre qu'il faut élaguer pour qu'il reste fort, on va à l'essentiel. En vieillissant, finalement ma vie se simplifie.

Marcilly-sur-Eure,
le 6 mars 2022

Des mêmes auteurs

Gérard Garouste

Le Grand Apiculteur, avec Hortense Lyon, Bayard, 2002
Garouste à Talant, avec Hortense Lyon, Éditions Ereme, 2006
Les Palais de la mémoire, extrait du Livre X des *Confessions* de saint Augustin, gouaches de Gérard Garouste, Édition Fondation Cartier pour l'art contemporain, Jouy-en-Josas, 1988
Don Quichotte, Cervantès, gouaches de Gérard Garouste, Diane de Selliers Éditeur, 1998
La Haggada, texte de Marc-Alain Ouaknin, gouaches de Gérard Garouste, éditions Assouline, 2001
Le Débat du cuer et du corps, poèmes de François Villon, lithographies de Gérard Garouste, Éditions Lebeer-Hossman, 1986
Tal la Rosée, d'après le *Livre des ressemblances* d'Edmond Jabès, lithographies de Gérard Garouste, Les Francs Bibliophiles, 1997
Dieu prend-il soin des bœufs ?, texte de Patrick Modiano, lithographies de Gérard Garouste, Les Éditions de l'Acacia, 2004
Au carrefour des sources, texte et lithographies de Gérard Garouste, Franck Bordas, 2004

Judith Perrignon

Mauvais génie, avec Marianne Denicourt, Stock, 2005
C'était mon frère... Théo et Vincent van Gogh, L'Iconoclaste, 2006 ; Folio, 2009

La Nuit du Fouquet's, avec Ariane Chemin, Fayard, 2007
Lettre à une mère et *Les Secrets des mères*, avec René Frydman, L'Iconoclaste, 2008 ; Le Livre de poche, 2005 et 2008
Les Chagrins, Stock, 2010 ; Le Livre de poche, 2013
Les Yeux de Lira, avec Eva Joly, Les Arènes, 2011 ; Points, 2012
N'oubliez pas que je joue, avec Sonia Rykiel, L'Iconcolaste, 2012 ; Pocket, 2013
Les Faibles et les Forts, Stock, 2013 ; Le Livre de poche, 2014
Et tu n'es pas revenu, avec Marceline Loridan-Ivens, Grasset, 2015 ; Le Livre de poche, 2016
Victor Hugo vient de mourir, L'Iconoclaste, 2015 ; Pocket, 2017
French Uranium, avec Eva Joly, Les Arènes, 2017
L'Amour après, avec Marceline Loridan-Ivens, Grasset, 2018 ; Le Livre de poche, 2019
L'Insoumis, Grasset, 2019
Là où nous dansions, Rivages, 2021 ; Rivages poche, 2022
Le Jour où le monde a tourné, Grasset en coédition avec France Culture, 2022

Pour tous ceux qui aiment découvrir les histoires derrière les livres, nous vous donnons rendez-vous sur www.collectionproche.fr

L'édition originale de ce livre est le fruit du travail de toute une équipe de passionnés aux Éditions L'Iconoclaste.

Pour sa sortie dans la Collection Proche,

Vahram Muratyan a conçu la couverture à partir de l'œuvre *Jeu de malin* de Gérard Garouste (2010, gouache sur papier, 123 x 103 cm) et choisi avec soin un mélange de trois typographies : Heldane Text, Tiempos Fine et Galano Grotesque.

À la fabrication, Marie Baird-Smith et Maude Sapin ont travaillé pour obtenir l'objet idéal : un livre souple, un papier léger et bouffant, une carte de couverture qui lui permettra de vieillir sur votre étagère sans prendre une ride.

L'équipe de Soft Office a réalisé la mise en page du texte. Magali Bertrand a relu le livre à la virgule près.

Constance Beccaria, Pierre Bottura, Adèle Leproux et Clémentine Malgras ont imaginé la communication et le marketing autour du livre.

Les factures des collaborateurs et les droits d'auteur sont payés rubis sur l'ongle par l'équipe de Christelle Lemonnier.

Les représentants de Rue Jacob diffusion, coordonnés par Élise Lacaze, ainsi que l'équipe d'Interforum, ont sillonné toutes les librairies françaises, suisses et belges.

Ce livre est désormais entre vos mains, prêt à démarrer sa nouvelle vie.

IMPRIM'VERT®

PEFC™
10-31-2541

Certifié PEFC

Ce produit est issu de forêts gérées durablement et de sources contrôlées

www.pefc-france.org

L'ensemble de cet ouvrage a été réalisé dans le respect
des règles environnementales en vigueur.
Il a été imprimé par un imprimeur certifié Imprim'Vert,
sur du Classic Book PEFC pour l'intérieur
et une carte Metsäboard PEFC pour la couverture.

Achevé d'imprimer en France sur les presses
de Normandie Roto Impression s.a.s.
à Lonrai (Orne) en novembre 2022.

ISBN : 978-2-493909-02-2
N° d'impression : 2205888
Dépôt légal : Août 2022

**En France, un livre a le même prix partout.
C'est le « prix unique du livre » instauré par la loi de 1981 pour protéger le livre et la lecture. L'éditeur fixe librement ce prix et l'imprime sur le livre. Tous les commerçants sont obligés de le respecter. Que vous achetiez votre livre en librairie, dans une grande surface ou en ligne, vous le payez donc au même prix. Avec une carte de fidélité, vous pouvez bénéficier d'une réduction allant jusqu'à 5 % applicable uniquement en magasin (les commandes en ligne expédiées à domicile en sont exclues). Si vous payez moins cher, c'est que le livre est d'occasion.**